AC之间

爱着，不负岁月

格拉　著

时代
成都时代出版社
CHENGDU TIMES PRESS

图书在版编目（CIP）数据

AC之间 ：爱着，不负岁月 / 格拉著. -- 成都 ：成都时代出版社，2015.6

ISBN 978-7-5464-1356-3

Ⅰ. ①A… Ⅱ. ①格… Ⅲ. ①中国文学－当代文学－作品综合集 Ⅳ. ①I217.2

中国版本图书馆CIP数据核字（2015）第112127号

AC之间 爱着，不负岁月

AC ZHIJIAN AIZHE, BUFU SUIYUE

格拉 著

出 品 人 石碧川
责任编辑 干燕飞
责任校对 李茜蕾
装帧设计 成都原创动力文化传播有限公司
责任印制 陈晓蓉

出版发行 成都时代出版社
电 话 （028）86742352（编辑部）
（028）86615250（发行部）
网 址 www.chengdusd.com
印 刷 四川华龙印务有限公司
规 格 140mm×210mm
印 张 5.25
字 数 100千
版 次 2015年6月第1版
印 次 2015年6月第1次印刷
书 号 ISBN 978-7-5464-1356-3
定 价 29.80元

这些好像深奥的文字，
都是从情绪中蹦出来的精灵。

一些自己写的文章，
过后再读，
便是一点都认不出是自己的文字了。

有些更感触的，
甚至第二天读起来，
都像是在阅读梦中的书。

听起来可能好笑，
但在写文章时，
感觉就像梦游，
灵魂在用力地打字，
我却睡着了。

序

后来，我们发现，所以欢喜都是动力。

至交十余载，来作这篇序，其实即使不被要求，也会死皮赖脸写上两笔，实在是想跟这个女孩说上两句，但真正提笔，却有点上不了台面，竟像是闲话家常一般自在而琐碎。

暗水流深，静待花开。读这个女孩的文字，看这个女孩走过的路，想起这个女孩的泪与笑，才发现这个女孩在我的印象中从未老去。是的，一个用情至深如暗水流深，百转千回却守得静待花开的女孩，怎么会老去呢？还记得那天，女孩来看我，身怀六甲的我挺着大肚，看着女孩从远处婷婷袅袅地走来，碎花衣、碎花裤，瘦瘦的，笑笑的酒窝，那是一张从未老去的脸，不谙世事，信仰童话、阳光和幸福。

我想说，女孩，你有颗泪长在了心上，感动时流淌，快乐时流淌，悲伤时流淌，正是上天赋予的善感才让女孩比别个她更多了体验和感悟，正是那时常的流淌洗刷了心底，才让目光清澈洞明。

这个世事，诱惑常在，而风格不常有，女孩以独特的洞见让人窥见不一样的生活的样子。有行者的悠然自得，有别人故事的感动，有日光下斑驳的心情和月光下清远的心绪，有那些年的泪与笑，有身边的温暖与被温暖，有爱。白云苍狗，世事无常，只有情感是真实的，而女孩就以她最真实的情感纪念那些不老的岁月。如果你也同样情深，如果你也有闲暇情绪，或者只是有那么点好奇与新鲜，读一读这个女孩，慢慢走进她的世界。

最后的话，写给女孩。这个时刻，念宝从睡梦中惊醒啼哭，是的，我们每个人来这一世的第一声问候都是哭声，而笑是生活给我们的馈赠。热泪盈眶却不负酒窝笑颜，爱笑的女孩运气总不会差，一个懂得泪水又爱笑的女孩，幸福必在掌握。这里天晴，想你安好。

芸猫携念于2014年12月

目录

第一章

流浪山水

生活中的某时，不管是不是一个人，总会突然迸发游走天涯的冲动。

或许，是因为在阴霾的城市中待久了。于是更加渴望阳光，渴望大海，渴望放松地躺在沙滩上，看着云朵快速飘移，听着海浪反复冲刷岸边的声音，望见热带的树木和四处觅食的小鸟，遥远的海际线上还有几点船帆。

或许，却也只是因为生活太忙碌。反复的昼夜喧嚣，太多的人情物事，然后某一刻，突然就想什么也不带走，一个人，或者只有两个人，出走某座陌生的古城。在石板桥上游荡，在青瓦屋旁发呆。可以肆无忌惮地大笑，可以无所顾忌地聊天。说什么也好，说什么都好。不用思索，只有今天。

亦或许，只是灵光一现，想守着一座古寺，做自己的修行。只带上纸和笔，用最原始的方式记录下安静的自己。是有多久没有和自己对话，本以为无欲无求，反而失去了前进的方向。于是想守着古刹清净，哪怕只是一时。早上想在寂静中醒来，放空内心去度过一天，和智慧的人谈天，和爱的人聊天，谈古论今。不想说话的时候可以微笑睡去，只是这样。

于是，看过了太多别人行走的照片，听过了太多路人讲的流浪。在繁琐忙碌之中，突然就勇敢地出行，或远或近，唯一的行李就是自己的放肆。收起忙碌，安放家中；打包随意，行走旅途。

这样的心情，也许只是因为梦想从未走远。

而梦想是什么？在我看来，梦想是一个触手可及，却没有标识的圣地。

也许每个人都需要一个引路人，一个灵魂的伴者，让自己在现实中不会迷路。

所以，某时某刻，需要这样冲动的出走，感受每处风情。

或者，不必晴天，也许，细雨绵绵。

只是，想让自己一直微笑，无论下一年的，未知。

我想，我爱我的，千山万水。

法国，梦境一般

站在罗马的市苑废墟中，我终于开始想念法国的阳光，斑驳的，细细的，辉映在皮肤上，却再也忘不了那温暖。于是，我面向西方，用力嗅着那丝香甜，却突然汹涌着回忆，七天。

巴黎的风情，让文字苍白

飞到巴黎是早上时间，刚出机场精神还不太好，也许因为前晚太高兴，匆匆做了几个兴奋的短梦，就晃悠着上了小飞机。对于法国，太多的想象，少女时代看过一部电视剧，里面男女主角分别后的重逢就是在巴黎，现在都还记得那一幕的场景，没有什么人，只有低矮的树，两个人的重逢，浪漫得一塌糊涂。

后来走过香榭丽舍大街，看过凯旋门，也坐火车去了枫丹白露。走过太多喧闹的街市，却没有寻到那份浪漫，只看到一座大城市。或者很多的大城市都是这样，身形匆匆的路人，满脸兴奋的食客；安静的历史建筑旁，凭空多了很多想要留下自己的游人。

还好有卢浮宫，让我留恋。也许因为太多的作品吸引了我的脚步，最终一天的时间只走完了两个馆。并不是很了解每一件作品，可能够感觉到每一件作品都在用力展示着自己的灵魂、创作者的灵魂。

有些雕塑会让我震惊，仿佛看到雕塑家在作品的筋骨之中刻出信仰的深刻；面部的哀伤，垂死的淡然，天使的自由，每一座都好像爱人或者罪人，而雕塑者的爱恨就这样立体地存在着，不再消亡。

画作也是一样，神话的主题，绚烂的着色，太多幅都让我震惊。有些大海被表现得仿佛恶魔一般的狂野漆黑，有些天空被渲染得好像谜一样的幽蓝变幻。在读过每一个作品的说明后，更是像进入到那个历史的时期里，活在那样的神话信仰中。

念念不忘，大概这就是卢浮宫留给我的回忆。我想，下一次的旅行，会住在卢浮宫旁，花一周的时间，看过每个作品，继续面对震撼的画发呆。

于是，慢慢的脚步，带着憧憬，带着跳跃，我就这样认识了巴黎。

她就好像一个流落在世俗的公主，若你带了满心的期望去寻找，或者只能得到满程的失望；但若邂逅了，却总能遇见惊讶。于是，巴黎的四天，突然就让我困惑了，我们还应该带着期待面对下一秒吗？若然你也如我一般，曾经失望了期望，惊喜了寻常，又会怎样？

图　尔

单车图尔，或者这才是爱上图尔的理由。淡淡青草味的绿地，连了天际，偶尔的法式尖尖屋顶，车轮碾过的小路，延伸去，没了尽头，阳光滋滋地化在皮肤上，暖了发梢。

骑到正午，太阳正当头，乡下的空间更加安静了，细细听去，有一些昆虫懒散地叫着，偶尔也有一些鸟鸣声，哪里的远处还有几个小孩子的笑声。每一条小路都干净极了，每一座房子都被主人用各种花朵装饰着，也有一两栋爬着绿植，看上去好是阴凉。于是，碰到路边的长椅，坐下来开始看地图，只不过地图在这里失去了效力，标不出每一栋房子的乖巧美丽，印不出每一片山谷草地的心旷神怡。

我于是在这里沉迷，沉迷于每一处的自然。那种自然毫无计划地就闯进了我的灵魂，铺开大片的天蓝和草绿在我的心间，种下每一种花朵的颜色在我的眼中，用微笑的清风占据了我的胸膛。我就那样用力嗅着，久久深切地感受着整个世界淡淡的芬芳。

放肆地这样爱着，骑过了留恋的小镇，和擦身的路人招手微笑，来到古堡。

走进一座又一座的城堡，每一个园林都看得出主人的用心。诺大的城堡，主人不在时，是对外开放的，没有什么游客。夕阳下，别致的矮木，连着喷泉，斜阳定格在天边，用忘情的晚霞亲吻着城堡，久久不去。

于是，在这样的城堡园林里散步，安静的每一阵风都好像在讲述城堡的过去，每一条路都似乎在低低地哼着情歌，见证着主人们的爱情；而每一个石头都像是一个哲学家，不时诵念着一两首情诗，吸引了云雀的驻足。

天空最终黯淡下去，于是拼命地骑回住处，路上遇到法国的警察拦下我。他说法文，我说英文，发现彼此无法沟通，只有咧嘴对笑。他俯下身帮我开了某个开关，我才发现自行车的尾灯可以亮起来，原来他是担心我的安全。感谢，挥手告别，哼着歌，满载记忆继续骑行。

文字写到这里时，手指都跳跃了起来。仿佛时光就那么停了，笑笑地看着那个女孩子，亲吻着风，用力踩着单车，向着一座又一座的城堡。她把自己交给自然，交给世界；在她看来，每一个花朵都是一种永恒，每一次清风都是一段相爱；每一座城堡都久远地见证着刻骨的记忆，每一个生命都用力地活出灵魂的美好。勇敢地行走，用心地相信，没有什么比这样更加自然了。

尼　斯

尼斯是法国南部的一座美丽小城，是阳光出发的地方。那里的海蓝得很浅、很干净，长长的海岸线上会有很多人晒日光浴，海鸥会优雅地浮在轻轻的海浪上，整座小城就在海边层层地画出，一排一排白色的法国房子开散去了远处，教堂高高地遥望向海的深处，漂亮的建筑一座挨着一座，那里住着天使。

而在海边的矮山上，游客如织，遇见交错时也会彼此一笑。小小的孩子会去追逐海鸥，会在沙丘上一边垒起城堡，一边呐呐低语，似乎在和对岸的小螃蟹讲故事。

每个人来到这里，所有的行李好像就只剩下了悠闲；路旁的自由艺人，穿着西装，拉着提琴，放钱在他的琴盒里，他会开心地说声谢谢；装扮着方格棋盘样式的道路，延展开去，和湛蓝的天空对望，爱意情深，连云彩都没有一朵来打扰。

走进路边的餐厅，老板和老板娘对每位客人都很热情，忙碌过后还不忘坐在我的身旁，开心地和我聊起天。我对老板的厨艺赞不绝口，老板娘露出骄傲的神情，笑容里掩不住爱意；然后开始和我说起尼斯的沙拉，拍着胸膛一定要我相信这里的沙拉是全世界最好吃的。

而尼斯的海边，很多人在那里睡觉做梦，奔跑嬉笑。那个下午，在尼斯海边的阳光里，我也睡着了。在恍惚间，仿佛邂逅了一场白色的梦境，天空中飘来音乐，我便漂浮了起来：

听见大海在唱歌，看到星星在散步；

我们拉着手点起篝火，邀请了天使跳舞；

精灵们恍惚在大笑，是谁弹奏了夜曲；

一圈圈的圆舞，我们错过然后又遇见；
不远处白色的独角兽，低声说着爱语；
我们聆听落泪，忘记了旋转的衣裙和舞步；
蓝色的音乐温柔了夜的臂弯，
于是篝火也暗暗困顿，
所有的呼吸都安静下来，沉，沉，睡去。

瑞士，爱上某处

微笑，音乐，短裙，咖啡
—瑞士独自旅游的主题—

第一处　日内瓦，清新冷艳

小站清清冷冷，路人竖起衣领，行色匆匆，
街边失了棱角的雕塑，石刻的书，
巨大的断椅，瑟瑟发抖的各国旗子；
招摇过街的，依旧是短裙，
听好听的音乐，买咖啡暖手，
coffee nut latte，with double cream。
日内瓦，好像一个穿着西装的职员，
一本正经的表情，嘴角却流露出各色心思，
手上抱着文件夹，心中却哼起了小曲。

第二处　伯尔尼，甜美邂逅

周日的集市，肉香味，煮红酒，小饼干，

古老的塔钟轻哼小曲，带着胖胖的太阳瘦瘦的月亮，

牵手跳舞，一圈一圈；

几条街的店子，微笑好客的主人，

卖时尚，卖挂钟，卖军刀，卖风景，也卖爱因斯坦。

寻得一家地道的小馆，漂亮的点餐单，

golden eyes，加了煎蛋的熏肉面， 好味；

咖啡暖手，优雅踱步，自然微笑，

突然城区内蒸汽车轰轰，蓦然回首，

莫名怎会有一阵香气留下， 明明没有华车丽人经过？

第三处　因特拉肯，让人温暖

奶酪火锅，淑女绅士的吃法，

水果终究是原味的香；

齿轮火车悠哉悠哉地上山，

遇到山谷中玩耍的暴风，

包起大块的冰雪，投掷向火车，玩起了游戏；

山顶的大风，凛冽怒吼，

像一个孩子，调皮地卷走了我的围巾，

然后无所顾忌地侵入每一寸肌肤，

留下深刻的寒骨瑟瑟。

不止寒风，一切都冰冷，

山中的圆顶房子被白雪厚厚覆盖；

少女峰的美景，冰封了欲望，

孤单的铁轨，觅着了下一站吗？

第四处　苏黎世，银行四处

某个小街，遇到80年久远的店子，

满满的手工品，绣着少女峰玫瑰的漂亮布艺；

意大利区的老爷爷，老奶奶，

从旧旧的抽屉中拿收藏出来看，

意式口音骄傲地讲着每个图案背后的故事，

老爷爷开心地说他的心算比计算器快，

老奶奶满满爱意，笑起了她的小伙子。

而我，走过每一处，带着可爱的旋转相机四处寻觅，

瑞士，哪里能写着，我的爱情方向？

巴斯，那年的青春

英国，巴斯，一座我爱着的城，一座与我无缘在阳光下的城。

“你知道为什么你没有来这里读书吗？”

“不知道。”

“不然你怎么遇到我。”

我没法知道自己到底为什么出逃到巴斯，没法知道自己逃离着什么，只是看着窗外，一直一直，白天黑夜。

淡色素雅的房间，阴天，干净的蕾丝窗帘。放淡黄色的毛毯在小沙发上，把自己盘在里面，穿着单薄的衣服，就那样看向外面，Ray说那刻我的神情陌生极了，像一个从来不曾相识的女子，不知道心神在哪个远方。

旅店，是一对英国老夫妇开的，自家的房子改成的，两层，八个房间。

Ray定了一个靠马路的单人间给我，两个床都很软，是我喜欢的样子，别致的台灯，干净的床铺。

窗户很大，看出去可以望到巴斯的山。柔柔的山头，小雨，绵绵细细，嘀嘀嗒嗒，干干净净。

第二个早上，终于空出时间约了Ray一起早饭，精致的餐具，英国早餐。

Ray只是一直把盘里的食物给我，我就如饥饿的小鹿，偶尔才抬头低语。

Ray说这对英国老夫妇生活写意极了，开一个家庭式的旅馆，有着自己的花园，妻子极爱干净，每日都是微笑着打扫，热情地和每个旅客谈笑，丈夫是典型的英国长相，却如同一个大男孩。

说到这时，丈夫走进小餐厅，开玩笑地说：“我的耳朵可能有点问题了，怎么听不到我妻子的声音呢？”餐厅里每个人都被惹笑了，Ray于是微笑地告诉他，他妻子正在二楼打扫。

我也笑笑，会心的。Ray转头问我：“喜欢这样的生活吗？”

不等我回答，Ray学我语气说：“还好。”

嘴角依旧微翘，我不语，继续认真地吃面包。

巴斯的第三天，颠倒黑夜白天，Ray带我一直在我爱的建筑间蜿蜒。

那天傍晚，阴阴的小城天边竟然多了晚霞出来，我突然很兴奋，开始笑得很灿烂。

Ray说：“终于笑了，真的开心了？”

我转向Ray，说：“嗯，谢谢你从昨晚就开始画这个晚霞。”

Ray说：“不对，是从前天傍晚就开始画了。”

我微笑，呆望向晚霞，一切刚好。

深的夜，

藤草开始低声攀爬远处的老房子，

院子里的花草甜甜睡去，

斜的雨滴小小，

石子街干净透明，

那里，

夜色青青。

英国，静静的白天

初到英国的时候，带着一些故事，伴着一些情绪。也许真的因为南安普顿是一座无聊的城市，慢慢地，情绪被时间治愈，日子还是会继续。

偶尔也会想起的过去，就会慢慢念给自己听：

每个人身边的智者一定是时间，它会帮人忘记那些伤害，最终使伤疤愈合；会让对的人在生命中留下，再不舍的错误也会淡去。

带着回忆住在安静的地方，没有人来人往的相拥靠近，没有反复不停的安慰道理，没有车水马龙的拥挤不堪；在这里，每个人都好像用心在招待客人的主人，满满的礼节，和你相识，和你道别，客气地和你聊天却不过问，礼貌的话语永远在合适的距离。这就是英国人带给我的感觉，就如同英国晴朗的天气一样，没有一丝味道，不会让你眩晕。

慢慢地，我也开始喜欢上这样的距离，这样的存在。生活中的很多，都是自己的决定。没有什么人用大道理来绑架你的行为，没有什么标准被碎碎念来评判你的生活。每个人的日子，都是自己的；每个人的选择，理所当然可以是不同的。没有什么相同会被期望，没有什么结果一定要存在。

而更爱还有英国的天气，写到这里自己都笑了。常常和当地人笑说，英国一定是有三个冬天的，所谓的春夏只有在太阳出现时才带着一点暖意溜出来逛逛。所以英国的夏天，会更让人珍惜，那种每天每天的暖阳，是最需要用力去浪费的：下午茶，路边的咖啡，各种小店，各种公园，于是最重要的事情一定是，晒太阳。

在英国晒太阳，是件极其享受的事。

这个国家，没那么热，风还有点凉丝丝的。

夏日的这里，白天很慷慨，夜晚很吝啬。

晚上9点才天黑，稍微熬下夜，早上4点，就黎明了。

住过我隔壁的荷兰胖MM，比我还喜欢晒太阳。

有点温度有点晴，就穿着比基尼拖上大气垫床，在后院睡下午觉。

旁边的草丛里，永远有只胖猫猫晒着它心爱的毛。

一个人，一只猫，我轻轻地走过去晾裙子。

那种淡淡的肥皂的味道，爱极了，偷偷笑。

静静的日子，慢慢地溜走。

泰国，无人的岛屿

那一个夏天，我带上自己的羁绊，一个人远走他乡，活在海边。

每天醒来，就只是在沙滩上散步晒太阳，在躺椅上睡觉晒太阳，在海边露台上吃饭晒太阳。

每天睡前，就泡澡，喝茶，唱歌，看书，听歌，然后睡着做梦。

白天在岛上走来走去，累了就睡觉，醒了就游泳。

不想和谁说话，只带了我自己，听海鸟叫，看水母游泳。

走过一棵棵的椰子树，路上遇见兔子。

海水是蓝蓝的，天空也是蓝蓝的。

哪里，都是安安静静的。

这样躲在自己的世界中，踏过自己的脚印，一次又一次。

荡秋千，发现自己流泪；在海边跑步，也发现自己流泪。

不喜欢流泪，然后站在悬崖边，被带进浪花的顶端。

水中的感觉，便是清醒混沌，没有思索，没有眼泪。

可大海也失去了温柔，大力地摔我在岩石上，向我怒吼，说我是胆小鬼。

我却突然笑了出来，天还是蓝蓝的，海也是蓝蓝的，鸟儿依然悠闲在叫，鱼儿也不曾停止游泳。

那一瞬间，我便明白，若不想流泪，便不要流泪——道理，就是这么简单。

所以，我擦干眼泪，卸下羁绊，尽管还有伤疤，但一切都会好的。

RACHA岛——云淡风轻

“我心向往，却只愿某时，与君相携，海天漫漫，云淡风轻。”

普吉岛，或者说在其中的RACHA岛，日子就像溪水，平淡细腻。

一个人，安静地看书，微笑着散步，快乐地美食，独自地环岛。

想事情，晒太阳；不想事情，还是晒太阳。

鸟叫声中泡泡澡，蛙叫声中睡睡觉，月亮上了枝头，就听听喜欢的歌曲，海风徐徐，昏昏入睡。

不知道还能用什么语言来形容这种日子，甚至连在旅游的感觉都没有，一切纷纷扰扰都随着那个差点把我卷入大海的浪一般消失不见。

后来，跟随Bao和他的船员出海，在海中央，当视线中只有一波波5米高的浪打过来时，我就只是让自己随小船翻滚；Bao亲自去掌舵，在明信片中常常出现的那一叶小船，此时也变得无比坚强，好像一个战士，在浪中精巧地变换着方向，努力前行。

Bao后来写邮件给我说：那时，我们随时都可能死在海里。

我回复他：我的心却是万分平静。

第一章

小 结

也许我们都会这样，不停地学习，忙碌地工作；而在某个时刻，旅行出发。也许生活本身就是适度地享受忙碌，放肆地享受快乐。那快乐是什么？也许对于会在旅行中相遇微笑的人来说，快乐就是带上船，带上狗，和爱的人，去宁静的地方。

而旅行于我，或者更像是一站站生命的停靠，让我知道自己还在，意义还在。

而在每一天的工作中，我也能感受到这些存在的意义。在学生中，看到精彩的人生，触到非凡的灵魂。可这些与旅行带来的存在不同。

我爱一个人的旅行，可以肆意地放空灵魂。睡也好，醒也罢，看着书在阳台上睡着还是听着音乐在海岛上探险，遇到陌生人擦肩还是挽留，一切随性，一切随心。没有人生的大道理，没有刻意的情绪掩藏。每一秒的欣喜悲伤都当做是上天的恩赐，让自己赤裸地面对内心，面对过失，面对所得。这样的旅途中，更加看清每一个在我生命中出现过的灵魂，带着不同的颜色，调和出最终的样子。这些颜色有些悲切，有些自由，于是静静地开始思考，思考这一种种的不同；同时，也会自由地写下当时的领悟：

坐在蒙山顶，漆黑中看城：一片隐约暗雾中的群山，和所有的灯点；细想下，每一个灯点，原来都是一种人生，所有刻骨的悲欢，不过光亮影灭。这场修行，且听风吟，细闻树鸣；不寻一束孤星，不等一城灯明。

我也喜与好友的旅行，可以分享和得到快乐。在陌生美丽的异国乡村，骑着单车一起疯狂地追逐落日；遇到优雅的店主人一起聊天喝茶；一起在古镇里踩过青石板，然后再约定下一次的地点。在和好友一起旅行时，最喜爱的便是放空一般地度日，每天的旅行和下一站的停靠都取决于当天自然醒的时间；可以在一处景观随意地驻足流连，也可以飞奔着去下一座城。在网络上，看到过这样的一种说法，“游走，要趁着年轻”。淡淡一笑，当修行在于自身，世界只是一个家时，时光又何必匆匆；只是，物事流转，尘心仍在，说也只说：趁着相爱，随心旅行，感受山海，书写文字。

很多年后，我还是会常想起峨眉山上那一晚寺庙外的雨；我们凭栏而坐，细数天地；再后来，你便幸福，我也安心；若再遇到一场大雨，我们就燃起壁炉，暖好姜茶，笑说岁月。

而和爱的人的旅行更像是在感受自由，那一刻，便真心想化作两只鹰，在高原的云边一起翱翔；却也想改了生活，做一对牧民，守在寺旁诵经牧羊；那时那景，只得一人心，却好似活过了许多的幻想，牵手相知。虽然听到过有人说：很多人闯进你的生活，只是为了给你上一课，然后转身离开。而我想说：悲伤的人会在失去时才懂得珍惜，而聪明的人会拉住那个对的一半，不会离去，然后珍惜余生。或者偶然种种，难免爱情时有长短，也许我们无法极致幸运，不能只得一人心相守一世情；但只愿能爱得干净，走得分明，不留一丝悔意，不少一份决心。黑夜，然后天明，而幸福，定如内心的善良，不远前方。

摇橹西溪，白鹭划过，看得入神，想得痴迷；每日格一物，船尾划痕，所格物景，不过春风形于流水；白絮垂柳，我的经过，却还不比春风流水，也不及鱼水浓情；但生愿景，所生所灭，止在汝心。

而这许多的旅行，最让我挂心的，却是陪家人的旅行。许多年前，还未初醒时，家人便有心带我去登上高原，瞭望银河，那时我才懂得了“渺小”这个词，却自那之后更加勇敢地飞，自由地行。只是无论住在何处，心中却始终牵着最初的归处。正是那里的归处，让我的漂泊不再只是孤单的昼夜；也是那里的归处，让我跌倒却没有迷失。所以，我便回来，牵着他们的手，想带他们走遍各处，看尽天涯。而在这样的旅途中，收获了他们满满的笑容，我才懂得很多的道理，看清更多的爱：

我原来以为，失去心灵成长的环境，或者失去使得内心充实的目标，可能会因此而变得孤单或者迷茫；可现在我会欢喜，因为这样的心境并不是独自走过；如果不再恐惧，因此坚强，因此相信，那么我想，我是勇敢的。

第二章 光影世界

哈尼夫·库雷西的《亲密》中讲道：“爱情是一件要在黑暗里摸索的差事……必须找到和他人之间合适的距离。”

这个说法纵然能引起我的思考，可我清楚地知道，我信仰的爱情却是自然的，是不需要客气地去算计两人之间的空间的。

对的人相爱，本来就是一件会让内心更加自由的事情，灵魂也会因此而变得多彩；而伴随着爱情的亲密，不只是一种表达，有肢体的，有情感的，这些并不单纯是相爱了，掺杂了双方的各自性格和控制欲望。

所以相爱是简单美好的，而相处却成为了一门学科。在相守的岁月中，有时候，我们会以为自己很了解另外一个人，可这其实只是亲近蒙蔽了我们的眼睛，这是因为相拥使得我们只记住了一个人的怀抱，而陌路才让人看清一个人的背影。但实际上这并不是注定的悲剧，因为如果是深爱地相拥过，转身会是伤心而不是冷酷。所以我们不用去诧异一个人的剧变，事实上只是我们从未相知过。

而开始时的承诺也许只是因为寂寞。真正的相爱，其实是一场欢喜。遇见一段疯狂也好，宁静也罢。只是有的人爱着爱着，心就冷了，想要更多的陪伴，想要更多的默契，以为这样可以温暖。不过现实往往残酷，你若在爱中寂寞，它便使你愈发寂寞；只是你已经忘记，当初也不过是寂寞而爱，而你也不过走回了原地。

然后，爱恨之后，站在几年后的今天，爱过的人，流过的泪，都像是电影中的一幕幕悲欢。所有的初识转身，如同剧目中的高潮一样迭起，伴随着久久不去的小调，一遍遍在记忆中响起，让自己一瞬间恍惚，仿佛活在了一部电影中，一本书里。

只是无论书写了怎样的剧本，上演了怎样的电影，人生百年一梦，答卷最终都会交给死亡：自然公平。

两个世界

看了村上春树的《1Q84》，想把自己经历的两个世界也描述出来，却突然觉得还没到时间。

于是只是写下了这些瞬间，现实中的，梦境里的；或许有天，我们也无法区分了。

第N次的飞翔梦境

突然在黑暗的世界中醒来，电子表跳到05:13。

闭上眼睛，刚才的梦……依然是飞翔。

第N＋1次的飞翔梦境

街道是红色的砖石，房屋有弧形的房檐；满满的藤草，看不清墙壁上的图案。

远处的钟在尖塔下缓缓地移动，慢到几乎看不出来，让人不禁要去怀疑它是否还在走。

风有点冷，但吹过脸庞却有种莫名的躁动，像只巨大的手迎面要将人向后推去无尽。

而愈是如此，那种躁动感愈是强烈，胸口有种暗涌像是要冲破身体。

但是身体，却只有指尖不安分地动了一下。

没有飞翔，安静的街道上只有自己和迎面的冷风。

第N＋2次的飞翔梦境

湖面在下方一直向后退去，粼粼的波光一片一片出现在眼前，却飞快地消失在身后。

平原在湖的尽头，没有云彩，阳光摊晒了湖面，丝丝的雾开始在身边升起。

于是水面的影子变得有些模糊，可是却能够清晰地看到它在浪尖中穿梭。

风“嗖嗖”地穿过衣服，侵略了每一寸肌肤，掠走体温然后飞速消失。

冰冷，留下的就是冰冷，冷得让人握紧拳头。

慢慢地，在冰冷的紧张感过后，有种奇异感从肩膀开始蔓延。

扬起头，飞离水面。

第N＋3次的飞翔梦境

钢铁的建筑似曾相识，墙壁的背后隐约有一双双眼睛。

愈发密集的楼群审判着脚下的人，头顶的蓝天发出魅惑的光。

开始快走，开始慢跑，开始狂奔。

然后一瞬间，脚尖离地，风开始呼啸。

下一秒，就飞过了楼顶，抛下地面的追赶和尖叫。

巨大的电缆突然布满天际，和寒风一样冷眼旁观。

于是更加用力地飞翔，不去理会心中泛起的害怕。

直到楼群电缆都变成了大地的色彩，天空才安静下来。

飞翔，不停地飞翔，天空，愈发的寒冷，向上，只有继续。

第N＋4次的飞翔梦境

远方，远方是哪里？

不知道，也没有什么关系了。

一跃而起，飞翔。

—◆ 后记 ◆—

亲爱的读者，请原谅这一篇的毫无条理。

不过，梦境，不就是这样吗？

可惜，我们并非神

“什么是信仰？”

“因为我们都相信了神。”

看过了《香水》这部电影，深深地被触动，或者只是被男主角影片中的眼神所蛊惑。喜欢影片中鲜艳的色彩，直接的方式。太多电影都离不开爱，《香水》里，男主角哭泣时，我总是执著地认为那滴泪，只因为最初失去的那段香——那个女人身上的那段香。他不会爱上谁，也不能爱上谁，他靠嗅觉探究这个世界，仅仅的，只是嗅觉。

他用了他唯一知道的方式活着，寻找香味，留下香水，即便这样的香味伴随着死亡。当世人们开始为不停的谋杀而恐慌，这样的情绪他却没有，不是冷酷，而是没有。

他的世界，太过苍白，只有气味，好的气味，不好的气味，和生活在岩石中没有气味的冰冷。

当看到他活在岩石的世界中时，我想结束这部电影，如果他的世界中只有死寂的石头，最后的结束会不会没有那么绝望。有人常说，死，只是因为不知为什么活。我无从得知这是否正确，因为说话的人是活着的。同样，我无法理解，他为何从刑台上如神一般，走进了市井之中。

可是，他在最糜烂时消失，太虚假；他在最寂静时消失，太无味。

他继续活着，太绝望；他死现全尸，太平庸。

我们啊，常说着这般错，却从来不知哪般对。

可惜，我们并非神。

或者他以为自己是神，用香水诠释着自己的信仰，只是选择着杀戮的表达。世俗的哭泣，在他眼中激不起一丝光亮，他怎么能理解杀戮的含义。消失？痛苦？这些在他眼中甚至不及那段体香的消失。

但是，世人高举手臂，呼喊着他死。然而他只是战兢地洒下几滴香水，那满场的肉欲便揭穿了生存的目的。

我不崇拜他，也并不喜欢他。或者，有着大多数人的感受，只是怜悯。我无从得知这怜悯从何而来，也许，在他最后消失在黑暗的市井中时，我只能轻轻屏息：他的消失，连一段香，都无法留下了。

爱，欲盖弥彰

人有三样东西不能隐瞒
咳嗽，贫穷，爱
你想隐瞒，反而欲盖弥彰

《触不到的恋人》，泣不成声，真的想知道——

如果我们因为冰冷才渴望另一个人，那么拥抱另一个人会不会更冰冷？

或者我们因为绝望才走向另一个人，那么另一个人会不会让我们更绝望？

我们因为害怕距离才寻找，还是因为寻找才有了距离？

接受了一段温存，我们离幸福更近了还是更远？

写完这段，休息了很久，其实很想写一段完整的影评，记录这时这刻的心情，可写了太多，都一遍一遍删除了，太多东西，太多情结。

也许，要在我的身边，目睹我的泪流满面，才能明白我有着怎样的感动。

—◆ 后记 ◆—

过了数年，整理这篇，想加一些内容，却发现改写一个字都不能；书写了很多的版本，加进去了很多感受，却怎么都不对。最后，还是一一删除了。也许，当时的感情太深，更让后来的自己读起来，有些不解，有些忘记；面对这样真实的表达，即便是自己的，所有的理解也只是有些语塞。

可文字中的困惑，这些年过去，竟然自己还是无法回答。

看过太多人的经历，听完了太多的无奈离合，自己只是愈发没有了答案。目睹过幸福，目睹过勇敢争取，也见证过最后大团圆的结局，可每个人的命运总是无法复制的。

幸福，都是笑容；悲伤，各自泪流。

或者，生活也就是这样伴随着无奈，给我们上着一课一课，让我们偶尔得到答案，却藏了更大的困惑在前面。所以，偶尔的无力，偶尔的情愫，都是最真实的我们的一部分。接受，唯有坦然地接受，才是唯一走向答案的道路。

忘记说“我爱你”

爸爸对我说：“海有多深，爱有多深。”那时候，感情很辛苦；那一刻，我哭得很伤心。

有时候，我们努力地争取一个人全部的感情，像战斗一样，防备着所有的人；那样的心情，使得爱情变成了猜测和不开心；每一刻喜欢的感觉都是疲倦，像是掉进了一个深渊，愈是想逃脱，黑暗愈深。爱情的表达方式变成了防备，直到一句简单的“我爱你”，光亮地照醒内心最初的那份简单。

后来在异国学习生活，每天都会和家人通话，每每都只把自己的快乐大声地讲出来。在电话的一边给妈妈讲，妈妈，我爱你，是真的。讲完，我就偷偷哭了。想把在英国的所有辛苦都讲给妈妈听，可是，都不可以。我想我能说的，就只有：“妈妈，我爱你，是真的。”

就像这样，努力生活，为家人、为爱人努力。努力微笑，为了自己、为了工作，后来也慢慢变成了一种习惯。在奔波的路上，我们藏起很多辛苦，藏起很多心酸，满心以为用了所有的力量去付出，去爱，去守护。可翻出日历，细数忙碌的每一天，那个我们用力想去珍惜，那个我们声称最爱的人，却常常被我们自己忽略了。

我们就这样为了另一个人爱着，却忘记了让这个人知道自己在为这个人爱着。

小时候常以为每个人都会和自己过一辈子；后来才发现，每个人都会过一辈子，只是和别的人。

于是，会把自己藏起来，把自己的疲倦藏起来，爱着，却也是不敢爱着。以为自己用努力的方式表达了所有的爱，实际上却是举着付出的旗帜忙碌到不去相爱，不去看向对方的眼里。

我们常说自己失去了，受伤了，却从不反省自己曾经说过几次“我爱你，真心的”。我们会为了另一个人忙碌一整天，却忘记了每天用一分钟去拥抱这个人。

也许，我们只是为了自己在忙碌了。

所以，这一刻，如果还有一份幸福在身边，如果还有一个人可以去爱，那么就紧紧地拥抱这个带给你幸福的人吧。用臂弯，用拥抱，表达这份守护的心情。

如果，你之前的日子活在流泪中，就亲吻这一刻会让你微笑的人吧。用微笑，用信任，卸下所有的过去，依靠这秒当下的安全。

总有一个人，可以让你拥抱，可以让你依靠。

这一刻，用心地说出“我爱你”，内心泛起一层涟漪，也可以吧。

曾经勇敢

小时候我便在想，等找到了真爱，一定要去爱琴海，牵手看蓝蓝的房子，看无际的大海；也一定要去北极，在冰天雪地中，点温暖的灯，一起透过玻璃的屋顶，看静静的银河；还要去撒哈拉沙漠，骑着骆驼，路过灌木，带着炎热，披着头巾，默默相视微笑；然后还有香格里拉，住在小屋中，过温暖的夏、寒冷的冬，每天一起散步说话。

也许牵手走过世界，就是我的信仰。

有信仰是一件幸福的事情，即便信仰本身只是笃信幸福。但是正因为有了信仰，世界才会变得简单，纷杂的问题才会自己慢慢远去。也许有时会有弯路和曲折，可时间最会用最睿智的方法擦亮毫不怀疑的心灵，而这就是信仰的力量。

在生活中，看到了太多的离别伤感，听到了许多的冷漠心机，偶尔我也还是会踩出胆小鬼的脚印。也许我还没有那么勇敢，也许我还没有那么坚定。但我却还是那个相信的我，不曾改变，不会改变。

我相信着，虔诚地笃信着，心中的那份单纯不会消失。不只是自己的，也是别人的。我相信着每个人心中的那份光。正是那份光，让再冰冷的面孔也会在某处流泪微笑；也正是那份光，让满满防备的警戒变成信任的笑容。

我们的心中都曾经闪耀地跳跃着那份光，如同勇士一样坚定，像小孩子一样无畏，也像活在童话中一样相信。

我们曾经喜欢在大雨滂沱中嬉戏，不管不顾生病发烧；我们曾经喜欢在烈日下呐喊奔跑，不在乎高温炽热。那时候，我们相信牵手的温暖会照亮心底的不安，我们相信所有的误解都会被原谅，我们也相信所有的承诺都会被实现。

幸福，如果相信，便一定会降临。

第二章

小 结

明天，我想看电影。

要有字幕的，我喜欢看有字幕的，即便是中文对话。喜欢听着主角的声音，看着字幕，这是我最爱的看电影的方式。如果可以选择，我宁愿不看主角的表情；看到字幕的动人，听到主角的哽咽，就擅自地想象那个人泪如雨下的样子，即便没有。

明天，我想画画。

画很多想象，放在自己的家里。那里，一定有很大的落地窗，大片阳光会落进来，在木地板上暖暖地撒开来，在阳光里的地板上跳舞，大声播放快节奏的音乐，放肆地舞动身体，用力地挥动手臂。拿起画笔也是蹦蹦跳跳，用绚烂的颜色装扮等待的画板。

明天，我想看书。

自己喜欢的书，常常会写上买的时间和地址。斜斜地，在扉页。很多年后，再翻开那一页，总会摸到那一刻的开心。仿佛闭上眼睛记忆那段时光，那时的寒暖，便细细地流入心里，沉淀在心底，有时也会湿了眼眸。或者，回忆如毒，不能自已时，我们才发现其实早已病如膏肓，贪恋过去，无法自拔。

明天，我想听歌。

我喜欢听歌，花很多时间在歌曲上；会听很多歌，然后收藏起一见钟情的歌曲；归类了的歌曲的文件夹名称，是我听歌时候的心情；那些文件名，有的是滂沱大雨的开始，有的是最好的疲倦，有的只是简单的些些；再听起那些歌时，总有些记忆会浮现出来；冰冷的也好，温暖的也好，常常。

明天，我想自由。

也许，自由并不及一餐一水，而自由或者也只是一花一叶。而自由却像空气一般，拥有不觉舍弃不能；而又不似空气，那般容易。自由是勇敢者的奖品，是灵魂的颂歌，这样的说法非常真实，踌躇不前的人无法得到不能获得。自由的终点只关乎内心，无论其他。

明天，我想做一个安静的梦。

大片的绿色麦浪，有一架干净的秋千，就这样坐在上面，轻轻地荡飞了发丝，温热的太阳，鸟儿也是慢慢地飞过头顶。

这样的明天，一定会是自己的童话。

第三章 守护童话

童话是现实生活中最辛苦的一个选择；选择了童话一样的生活，就要求你首先要有战胜现实问题的能力；这样的能力也包括一个淡然的心脏，从而能够去面对世事的苛求和各种不同的声音。而童话生活一定不会是想迎合别人的认可而存在的，正好相反，你需要肯定自己不同的追求，不同的步调；最重要的是，保护好自己的内心，以及梦想。

而我们有时也无法用这肉身抵御世事浮沉，失去或者所得也会一遍遍地让我们脆弱质疑；甚至，生活有时也会很艰难，也许会在幸福的时候丢一颗炸弹，但是我们都活着，就是好的。也许生命就像迷宫，仿佛四面都是墙壁，但那时，就抬头看看吧，至少头顶还有一片天空。我们迷茫地寻找出口，似乎没有了方向。但至少，我们还有走过的来路，那么就把自己的脚印当成出口，竖起最初的梦想当做标示物，一步一步，路也许会有了。可不忘记最初的梦想一定不是一句随意的回答，是淋湿过内心后的独白，是走过繁华盛景后的凝视，唯有保护好它，珍惜好它的纯洁，才能最终看到它所带来的答案，清楚笃定。

于是，在看过繁华盛景后，我们拥有了心中的眼睛，开始看到世间的另一番光景。人们看到枯叶落下时会唏嘘，却不知道那是树木和大地的舞蹈；人们看到浪花扑岸时会悲切，却不知道那是大海和沙滩的缠绵；人们看到浮华时会羡慕，却不去想后来无法挥去的孤单；人们看到拥抱时会赞叹，却忘记了之前长久的分离。而我们则微笑不语，用自己的方式认真记录每一时的发现，写下那一刻的心情，无论悲喜。

直至永生花开

——送给在天堂里被记住的他和她

写给我们所铭记的他

一个乐于助人的人，

我们都记得他曾经认真地说：我将如此一般尽我所能帮助所有的人；

一个笑容常在的人，

我们都记得他讲笑话时候镇静幽默地让我们捧腹；

一个认真生活的人，

我们都记得他认真地翻译不同的段落，和大家认真争辩自己的分值；

一个可爱幽默的人，

我们都记得他面对颈上印痕的笑问认真地解释bee stings，not strawberry。

我们记得每一个瞬间，

就像他还在一般，

就像他还在咧嘴大笑，

就像他还在那个固定的位置。

也许就像他自己所说：

A rabbit brings me the key, and walks with me through the rainbow bridge to the Paradise.

我们所难过的，只是你还在一般；

我们所遇见的，仿佛那明光一样；

我们所梦到的，便是在天堂之上；

一路走好，直至永生花开。

写给我们所铭记的她

愿从今往后，每一对天上的眼睛都可以看到我们单纯的笑容；从此，我们便带着他们的心愿活得更加真实，更加快乐；每一次举杯都有他们的微笑伴随，你们一直都在，不曾离开；不足百年，我们会挥手再见，在另一个世界中，你们一直未曾走远。西藏，是你和你的孩子离开的地方，纯净，愿没有痛苦。愿每束花在那里都用力绽放，愿每朵云在那里都不会飘走。是的，我不会悲伤，因为身边依然有你的记忆；是的，我会哭泣，因为生命就这样消失。

于是，我问自己，是否幸福地用力，悲伤地用心，是否每一天都对得起活着的自己。我想，我们是想你的，即便只有梦里的回忆；那里你还在，我们都还在，而每一次相聚都会有你。

其实，你一直都未走远。

自由

有那样一个地方，没有人群没有熙攘；

在那样一个地方，天空永远是蓝色，风永远在轻轻的吹着。

站在那个地方，视线里是暖阳的影子，雨滴也是跳舞的精灵；

然后，在那里，孩子们可以像风筝一样飞翔了。

那里没有对立，没有炮弹，没有鲜血，没有离别；

孩子们于是不用惊恐，不去哭喊，不会疼痛，不再哭泣；

再也没有砰然的巨响，再也没有钢铁的坍塌；

再也不用看到身边的人慢慢死去，再也不用摸着妈妈慢慢冰冷的手。

于是，在那里，在那个只有暖阳、绿地和安静的地方；

每个人就都变成了孩子，睁开眼，身上洒满了阳光；

站起来，看着风吹过一波一波草浪，带着自己起飞。

飞过群山大海，一望无际的天边，再飞高一些，就是家；

张开双臂，自己就是阳光，心脏里盛满的是自由；

没有人需要寻找到达那里的方式，而每个孩子都知道：

生命在那里是终点，而天堂在那里是起点。

——愿自己不再哭泣着写下这样的文字。

——愿每一个灵魂都在天堂里安息。

——愿战争中的逝者自由。

假如

我喜欢住在湖边安静的小屋里，很少的人烟；

哪怕只是看书睡觉，或者听听音乐发发呆；

要么也可以晒太阳，盯着湖面，看水怪会不会冒出来。

我喜欢坐单轨小火车，爬上大风的雪山顶；

喜欢一节车厢里只有几个人，安安静静；

也许可以路过一个小镇，小镇上的人都会在屋里备上暖暖的壁炉；

吹着风踩着雪，太阳可能就在山的另一边。

我喜欢在一个骑自行车就能到的城堡里散步，

城堡不用太大，能有浅浅的夕阳在旁就好；

可能只是在城堡的花园里散步，

微风慢慢吹，太阳慢慢坠。

我喜欢走过一座旧桥，路过一家餐厅，

主人很好客，红酒很醇厚，点一杯咖啡有厚厚的奶油，

空气很干净，星星很多，入夜后能安静地入眠。

所以，假如有一天，城市的喧嚣和躁动让我无法呼吸了，可不可以陪我一起走一遍这些安静的千山万水。

彩云之巅，清风拂面，天海之间，爱意身边。

Dream

很好听的歌，想很多，做很多。

未来很远，我们都很好。

躺着，好的，不好的。

梦想，安静的，还是安静的。

我想，我只是想回去一下。

回到安静的街道上，像梦里常有的一样。

现在很好，完美的好。

或者，有一天，生活中也可以有另外一个人，一份陪伴，一份安心。

然后，一起回去，回去我曾到过的每一处。

安静的少女峰顶，安静的理查岛边。

泡了红茶暖了心，某座小岛，开心地相伴，一起去探险。

或者，有一天，我们一起回去。

回去你曾到过的每一处。

高原山顶，雄鹰盘旋，内湖之边，蓝水涟涟；

白雪皑皑，群山渐渐，一罐锡兰，一路向南。

或者，有一天，我们一起出发。

出发于我们会去开始走过的每一处。

只是，在哪里遇见你，在哪里等到你；

若你望向我眼底，与我微笑，我便知是你了；

我便愿意去相信这样的一见钟情。

也许，心态如同偶遇，如同我在地球的哪里会偶然遇见你；一见钟情是种情调，只是在于我是否睁开眼睛，是否愿意去尝试；

而感情多彩，是只会赐予给勇者的礼物。

所以，如果遇到你，选择爱上你，只是因为你我都还勇敢。

一颗糖的幸福

很久前，

喜欢吃一家甜品店的糖，话梅味道的。

那时候，

会在大晴天下，吃着棒棒糖，大笑：

幸福呢，就是每天醒来都有一颗糖吃！

说这话的时候，乳白色的裙摆轻轻飘扬，微风不多不少。

后来，迷恋上了韩剧，

总是在快饿毙的时候，对好朋友说：

幸福啊，就是有人在你快饿死的时候给你一碗炸酱面！

那时候，

外面的篮球场会有人热血沸腾地运动，

天高云轻，梧桐树沙沙。

再后来，有人来了，

我们都以为自己得到幸福了，

然后某天，有人走了，

我们一起蓦然失去幸福了。

所以，一个人的时候，

我们都困惑到底什么是幸福，

可是慢慢的，我们都忘记了，

每天一颗糖的幸福。

于是开始奢侈地想要更多：

如果我们就像一双鞋，

谁都不会单独出走，该有多好。

可这时候，孤单却总是像调皮的孩子，不远不近地叫嚣着，

让我们想要的更多，得到的更少。

而突然某天，又想起来以前的一颗糖，

原来我们心里安静的自己，一直都在，

只是不曾说话，偷偷地看着我们，坚不坚强。

写给流泪过的孩子

亲爱的

我们一直在路上

找寻好久

却每次都受伤出走

甚至有时

都未战斗

就已伤痕累累

最初最美的感情

即如领土

被无情地侵略

遍地殷红的

是怎样相信过的耳语承诺

怎样自以为过的一辈子

流过多少眼泪

用了多少力气

才让自己相信

某个人

一定会珍惜

只是

到底还有多少渴望

在某处

遇见下一次相信

泡杯咖啡，暖手

我知道你最近过得很辛苦

一个人

很想念另一个人

忙得很麻木

累得很茫然

或者

没有人陪你喝一杯

没有人和你讲很贴心的话，面对面的

日子没有目的

压力压力，却总是如影随形

有的时刻，甚至很想骂人

却对谁都得微笑

可能会突然很想回忆

或者很想纪念

可是纪念谁或谁呢

这个城市里就只剩自己了

也许，我没法写出你每秒的不开心

没法真正经历你每秒的真实

甚至也许没法站在你面前，告诉你，你有我

可是，我真的很想在你身边

放一首暖心的歌给你听

打开窗户，吹吹风

然后

煮杯咖啡

给你暖手

雨天，渴望晒太阳的心情

暗暗的夜，整座城的雨，渴望晒太阳的心情。

看到海岸线的图片，望眼欲穿，想赤脚走在暖暖的沙滩上。

我有多久没有到过海边，会不会是一个世纪？

收东收西，饿肚子，而满脑子都是想晒太阳的心情。

春花的温柔，夏夜的炙热，秋分的细雨，冬日的暖阳。

透过淋湿的窗户，幻想自己被太阳拥抱着过了四季。

今晚，就做一个天使的梦吧，

飞在海的上空，穿过云彩，暖的甜的云彩；

天使，挥动着翅膀，吟唱着天空的歌，

落在我们的心里，在那里种下太阳的种子。

是的，我的心中住着一个天使，

它令我每夜都安静地入睡，

每个清晨都笑着醒来，

每天都爱着也被爱着。

和心中最深的宁静道一声晚安，天使也笑了。

晚安，天使，

晚安，遥远的海岸线。

第三章

小 结

从死亡开始，到天使结束。其实这样的安排并不是从悲伤到快乐。没有什么死亡可以轻松地被书写，无论是战争中的无辜逝去，还是身边最亲的失去。写下这样的文字，是流过眼泪之后的继续，继续相信生活，继续让天使留在心里。

我几乎没有直面过死亡，仅有的亲历只有少年时唯一一次来自人为的威胁，混沌的印象留给我的是：死亡，其实是来不及害怕就可能的一次自然发生。

很好的一个朋友，这几年来因为疾病常常面对死亡，而他的经历，也成为了我唯一会经常考虑生死的命题。他是我们大家一直认为最乐观的人，生病了亦是这样。也就是在他生病过后，在偶尔和他的电话中，才慢慢觉得：死亡，衰老，疾病，分离，这些都不是诗词中的畅想，也不是摇滚中的呐喊。生死，其实很简单也很残酷，就是每一天的药物，每一周的指标，每一种的治疗方案；也是每一个病友的离世，是每一个医生的放弃，是不一定会醒来的明天，是没有人再去接听的电话。

这些听来想来都是沉重到不能呼吸的，可好在我去看到的是一个面对着沉重而自己却是最乐观的存在，一如当年我认识的那个21岁的少年。

所以，死亡，在面对的人看来，是没有空间去歌颂的，而是认真活着的每一天。也从来不是一种从容，我们都不是佛家，坦然其实是时间蒸干了脸上的泪水，磨平了心上的疤痕。我们其实从来都没有选择的权利，只是在唯一的命题下不曾放弃，不放弃地去爱着，不放弃地去活着。

于是，我有时便会去想，每一天醒来，我都没有生死的顾虑，又有什么理由不坦然。于是会更加尊重自己的内心，无论它呼唤的是自由还是情意，“唯有认真的老去”，“认真”二字愈加真实。

我们更真实地醒着，更真实地爱着，更真实地分离，更真实地告别。

年轻的我，写不出暮年回首的浩叹，但想来老去的我，即便不再贪恋这许多文字，但一定不忘温暖一笑，人生了了，生死，不枉认真。

第四章

说与现实

写完童话的心，梦过城堡的生活，当过了王子和公主，也戴过了耀眼的皇冠。生活，在你结束了美梦和幻想，还未睁开惺忪的睡眼时，总是会用一个你听了太多遍已经厌倦的闹铃声，打碎你的幻想，揉了一团光直射在你的眼睛上，让你不得不清醒。

生活，就是这样一位严厉的老师，从来不会仁慈地给你一个终生的假期。生活，它住在你心的深处，了解你的欲望，也知道你的底线。

它偶尔会在真实中掺杂了幻想，使你感到幸福，仿佛知足；然后下一秒钟，又凭空给你磨难，让你受苦，以为到达了人生的低谷；而就在你哭泣着说人生真的无法再糟糕的时候，别以为生活会给你糖果。这位严厉的老师，只会给你更加大的麻烦，使你头疼，让你无助。

好在有些学生，慢慢地，学会了解题，答案不过就是无忧无挂；也只是可惜有些学生，面对不了自己的考题，选择了逃避，却不知道问题，总是如影随形，无法丢弃。

生活，就是这样的一位老师。而它又是无比智慧，它用自己的方式让相信它的学生心领神会。它试着告诉我们真理，让我们坦诚，让我们心静，让我们勇敢，让我们自然。它用长久的日子使我们终于看清自己，于是，课程也进入了小结。

所以，怎样才能得到高分。生活它会笑着告诉你，你是自己的考官，作为考官，你决定好了你的满分吗?

你的满分，是一分，还是一百分?

纪念青春

年轻时，我们以为自己很懂得爱情，懂得在一起的甜蜜，懂得相拥痛哭过的无奈；可以冷静说出爱情的明天，可以理性讲出爱情的昨天；清楚知道谁是对，谁是错。以为这样，就是很懂得爱情。

那之后，当站在离爱情很远的地方才知道，其实那时候的自己，只是一个最不懂得爱情的笨蛋。以为相守就是相爱，以为甜言蜜语就是相携终老，以为承诺的话语一定会做到，以为坚信的明天一定会实现。

于是，为了那时的那个人，我们写下分秒不舍，写下爱恨永世，写下孤单的深刻，写下好似明白的道理。我们用这样的方式挽回爱情，用这样的方式刻画悲伤，用这样的方式来纪念，用这样的方式来疗伤。

再后来，离开的人还是离开了，无论我们多么不舍。于是读起当年的文字，话语深浅，也只是像看一场胶片电影。音乐缓缓播放，角色来去，转转浮现，每一行间距中的自己都舞得认真，念得用情。可是，看过这些不舍的用情，那些话语的认真，却猛然发现，整个影片中播放的都只是自己的表演，一个人的用情，一个人的台词。于是，我们呆住，我们沉思，仿佛真正的爱情开始无关另外一个人，就像听到过的那句：我爱你，是我自己的事。

所以，电影过后，生活还是会继续。但某一个时刻，无论怎么意外，我们都会突然想起那时的爱情，那时的某人。或者翻出那些年的文字，读过之后，我们却没有流下一滴眼泪，没有再执着的问候。所有能够印证那份深刻的，只有我们自己的一声轻叹，一刻呆思。

可是也许，我们那时并没有爱错，即便最终并没有相伴一起老去。或者正是因为，那时的不羁疯狂，那样的青涩坚持，才配得起那时的青春。

婚姻，是一面镜子

对一些人而言，这扇镜面在婚前就已经看到，于是认清自己，明白自己的所想。或者更加坚定地握住对方的手，十年不变，直至殿堂；或者悔意顿生，逃之夭夭；又或者只看到自己，永远只在寻找，只用那“合适”的借口。

而对有些人，这扇镜面是在婚后才看到，有时更像上帝的一个玩笑。有些人，嬉笑红尘，却终于在多年之后才照见疲惫，照见寂寞，才看到身旁的人才是最渴望的归宿；有些人，疲于争吵，疲于改变，偶然的镜面，才看到最真实的自己，或者逃避，或者决绝。

也有一些人，即便不幸福也不愿去面对那面镜子，选择隐忍，以为忍耐会换来幸福。可往往现实会当最残酷的导师，教你心碎，才给你勇气被迫离开，被迫坚强。只是，可惜这样的结局，镜面中剩下的，只有你自己一个人的遍体鳞伤。

婚姻就是这样的一面镜子，放大爱恋中的美好和丑陋，也许会让人愈加认清自己，也许会让人愈加疏远自己，让人坚定，让人逃避。

可是，亲爱的，无论哪种，婚姻中没有一点同情心，若你不幸，它便给予你更多不幸；它没有一点怜悯，侥幸的事情也从来不会发生。它使你看清你的选择，你的每日，你的快乐，你的痛苦。

你若快乐，它也许会生出一些摩擦给你，看你是否真心相爱，是否意志坚强；你若痛苦，它必然日夜都使你不安，使你不忘，使你成为铸牢自己的枷锁。

而钥匙只能够是时间，等你老去，等你忘记。那份痛苦不是不在了，只是那份痛苦，已经被岁月盖上了厚厚的灰尘，而你已倦，不再计较。

但若是能有这样一份真爱，它竟能和婚姻共存，让你心静安宁，那么，也不要忘记擦拭镜面，不要让灰尘落在心上，和那个最终，好好相爱。

无关观众

我一直都很羡慕可以将自己的心理状态用简单的语言跌宕的情节表达出来的人，最近就关注了这样一个美女。

比利时留学归来人士，我们是在一次读书会上认识，却不相识，只是网络上的互相关注。她是个热情的人，有才华有气质，性格最优。她更新朋友圈的速度很快，基本每天都有长篇，文笔很好，但少有风花雪月，大多都是表露无遗地用当天发生的事情来做一些思考。读她的更新，作为陌生人的我，竟然也上瘾。比如说，大概是不小的年纪，应该还是单身，在做什么呢？一些公益活动，比如给城市的清洁工人送手霜的活动。那么她养活自己吗？当然了，看得出她的工作能力很强，不过最近看她更新，应该是辞去了工作。那么在做什么呢？卖唱。卖唱？是的，卖唱。看到这里，如果给观众几分钟讨论时间，我相信台下或者有些许微动了，我习惯听到这样一个评价：“家庭条件好就是不一样，想做什么就做什么”。可惜要让感叹的人失望了，这个女孩子既常常骑着电瓶车上下班，也会大骂公交挤不上去。至于她的家庭背景怎么样，我不知道也没关注。关心的不过她的文字很简单，人也很简单，就像她自己说的，卖唱，大概是她最理想的工作了。她说她就是单纯地爱着音乐，爱简单的歌唱，哪怕是在路边。我想，如果有一天，她选择在很多的国家唱歌旅游生活，我一点也不会惊讶。

再来说说之前我常常耳闻的另一个人。他是一个从小学习就不错的人，中国本科读的法律，德国的硕士，毕业之后留校助教；两年左右申请博士，最近接到牛津的录取通知，4万英磅一年的奖学金；很有才华，非科班出身，但是英语水平可以轻松驳倒英语系的教授；单身，也好像没有计划准备脱单；比较专注学业，性格未知。

于是，这样的两个人到底有什么样的区别呢。也许像她在朋友圈里自嘲中写的那样，大多数人都会有一个标准。我想，或许她在标准面前是不及格的；而他，则是满分。

那么，相同呢？这里，才是我想说的重点。她和他，都给了自己满分；他们对待自己和生活的态度，就是相同点。不管哪种生活，她和他都对自己认可。我想这才是最重要的，这也是我会上瘾她的朋友圈，在群里时不时会去看他转帖的原因。

我喜欢这样的人，能看清自己，能把握自己。有着梦想，不管是平凡还是非凡，都不会忘记；不止不忘记，还一定会用生命去追逐，不管道路是平坦是崎岖；不管是一年还是十年。我想，他们也会有迷失或者低谷的日子，有着分别的修行，各自的领悟。可是，很少听到他们抱怨，最多也就是吐槽自嘲，然后满血恢复的模式。

观众呢？那么观众的反映呢。笑……电影已然上映，主角也尽享了戏份中的人生；欢的酣畅，悲的铭心。人生如戏，不足百年一幕；自己看得明白，曲词唱得切切；光亮影暗，这些不过转身前后；舞袖弄妆，也躲不开进场离散。剧情本就是自己的主导，观众唏嘘也好热泪也罢，你若演得尽兴，自此也便没了台上台下了。

选择的权利

最近在空间里看到一个已婚女子的更新，主题是她很认同以下观点，大致为女人的唠叨刁钻无情是非都是男人逼出来的。当时看到，一口鲜血差点没喷出来……夸张了一点，不过内心还是呐喊了一下：大姐，这男人可是当年你选的，衡量再三也要嫁的，不管吵闹寂寞无可容忍，这么多年也是你选择不去放手的。

因为不熟，在当时还是忍住没有回复。实际上，这些年我还真是很少给人感情的建议。不熟的朋友，不觉得自己有发言的权利；特熟的朋友，不管是单身的、恋爱的、婚后带俩娃的，普遍过得是满屋花香相当满足。这么对比，实在没有伤口撒盐的意思，不过那些满屋花香的，估计看到那条更新，大多也会是一口鲜血恨铁不成钢的心态：既然你不幸福，为什么不尊重自己选择的权利？

借口是坚持吗？六六和前夫坚持了十多年，最终放弃，她说时间，这是其一。还有其二，看的明白。有人会说，婚姻本就糊涂，这不假。可有些糊涂的婚姻，照样幸福，说个最糟的，就算他心里住了一个身后留爱再也没法竞争的人，可他眼里有你，那何必要扫净他心里的那个骨灰盒，这样的糊涂是聪明的糊涂。有些聪明的婚姻，也未必幸福，举个普遍的情况，你明知他身边三四不断，于是绞尽脑汁夜夜防备，他手机上的每一条消息都响痛你的神经，于是开始怀疑，开始吵闹，开始让他发誓，开始要求他改变，可是，他会变吗，答案你比谁都清楚。

所以，没有借口。若他值得，若你愿意，就好好和他过，照照镜子，找回当年那个温婉可人、聪慧体贴的自己；若他不值得，不要为了一个户口、一间房子把自己搭进去，难道你连几张纸一堆水泥都不如？

这是好的，至少是你开始做选择。可若是对方赖死赖活也不准备和你过了，别再大吵大闹今天原谅明天翻账的了，还拿孩子当借口。听到过一个14岁的小女孩这样给她的父母哭喊着：“爸爸妈妈，求求你们离了吧，我都听你们吵了这么多年了，实在受不了了！”当时听到，我就哭了，那种嘶喊，是刀刀扎在了她的心上。可怕的是，小女孩的妈妈却大喊着："我还不是为了你！"然后继续开始了两个人的争吵打斗。为了孩子，多么血淋淋的一个借口，还用那鲜血涂红了自己的双唇，以为是奉献。

所以啊，就算为了你最后的借口，孩子，你也只应拾起被你践踏过的选择。

人生有无奈，但也一定有选择。将错就错，是可以幸福的错，是你心甘情愿不枉此生的错。可如果你又不愿甘心不愿和好，不愿分手不愿重新，那么当你再次说起当年你是如何不同时，照照镜子，里面的就是杀死你的凶手。

灰色的裙子

裙子是晚上闲逛的时候看到的，灰色的小礼服，非常美，用好友的话说就是：嗯，是你的风格。自己也很喜欢，于是上身试过，确实很美，属于过目不忘，很难找到第二条同样别致的风格。

不过问题是，发现价格也很贵，于是，没有一秒钟的犹豫，默默地脱下来还给了售货小姐。实际上，那条裙子并不是天价那样昂贵，只是我不太会去消费自己能力之外的东西，会喜欢，但不羡慕。有时喜欢的东西，过了两年也终于收入囊中，可有些就再也找不到了。

我想，人和人缘分很多也是这样，第一眼看到，就喜欢，会心动；看多了几次，更知道多么契合；默默地想过，也知道很难再碰到。

可缘分就是这样，有时候任你再心动，任它再别致，但就像这条灰色的裙子一样，有些美好，不是你有资格或者有能力去消费的。

有些爱慕，再不忘，始终不能拥有。

听上去有点遗憾，可如果你细细去想，不过是一道美丽，仅此而已。万色世界，也许是会有一秒的海市蜃楼吸引了你，使你心生爱意，过眼不忘，让你开始不喜欢身边仿佛素色的世界，仿佛原色的生活。

可是，你怎么忘记了，海市蜃楼，不过别处的风景，望却不及。更加细问你自己，这样简约的日子，不正是你自己的选择，你自己的设计吗？

是，也许你就此不甘，翻越千山，总是会到达你那一眼的所爱身边。可你坚定好自己的内心了吗？认清是你的所爱了吗？

或者，有些真相，就像那条灰色的裙子，若是买了，此刻我依然只会穿着宽松无款的睡衣入眠；就算第二天光鲜出门，或者三天都穿着它到处晃悠，洗过一次之后，还是只会爱惜地把它挂起来，和另外的二十条裙子一样，安静地躺回衣橱里了。

最好的年岁

我无意窥探，却听到了你的幸福悲哀。有多少个青春的年岁，你都给了她。每一次无助，每一个感伤，每一个想她的夜，这些都让我唏嘘，不敢悲伤，一夜一夜。

你将最好的年月都给了她在那十年，奢侈地去看最便宜的电影，在最单纯的日子里，全身心地守护她；以为全世界都会是她，永远也会是她；可上帝一转身，她便在别人身边。

于是将心留给了她，假装坚强留给了自己。

我无心规劝，无力挽留。只如电影一般，看你的故事。我无权告诉你，爱情是未来的放映，只因你我都不是其中的主角。

我便只是一个耐心的观众，看着你的故事，眼前却浮现自己的花朵。

爱情，是五月的阳光。我在诺大的教室中，站在阳光里，写着学生时代的板墙。你在那里，用最好看的字，抄写我的文章。

爱情，是校园花坛里盛开的烂漫。我们一首一首地唱着歌曲，轻轻地哼唱，独有的默契。

爱情，是教室窗口飞出的一架架纸飞机，不会直视你的眼睛，没有走过你的身边。

我便不再说爱情，不再忐忑，不再留念，将那段都未牵手的感情和最单纯的自己，都尘封在了信封中。丢失了也好，或者年少时那个洁白的影子，只是自己的想象。

那么爱情，便是相依的背影，我不再猜疑，如我所言，只将自己交与岁月。或到暮年，问一声好、道一声安，便忆起那些年月，你都在这里。

或者，你就是我的修行。便没有日日的欢愉，只愿能够深深在你心里。可我愿给你自由，无论要我怎样的孤单。我不愿束缚你我的灵魂。我不愿你为我变成英雄，不愿你为我留守，不愿你为我放弃。我只愿你是你，前世的你也好，今世的你也罢，若上天让我走过奈何桥却不饮孟婆汤，我便带着印记找到你，只因是你。

若有一些奢望，也只望在夕阳终年，你还在，只对我说，是我。

最好的年岁，想来在很多年后，这个季节，我们也快靠着温暖的窗边看白雪飞扬了吧。

最深的爱，其实是陪伴

年轻时，我们都相信过深触灵魂的爱，可以只用眼神亲吻，一眼万年；甚至会把对方看得比自己的生命都重要。

可物事流转，再坚强的人，也会倦怠，也会不安；太多的忙碌，让自己只在深夜里才看到自己，于是太久的一个人，偶尔的，也许会想起那个待你比自己生命更重要的人，那个人又在哪里？

后来才明白，久久不变的，使你心安的，一定是每天睡前温暖的相拥，早起第一眼的笑容；在你疲惫时的爱护，在你疯狂时的笑对；和你有矛盾时不会放手的拥抱，和能够一起实现的未来。

所以，最深的爱，不会旁观，不会放开；明天，不是一个承诺，而是另一个可以共度的今天。

不能回去的过去，不过是记忆；不能到达的明天，无非是错过。

那个愿意懂得你，牵着你，陪伴着你走过每一个冬夏，在暮年还会深情拥抱你的人，才是真的人。

第四章

小结

窥探灵魂，和默然相守，也许是两件事。

这一世的旅程，和谁在一起，坚持或放弃，都不过是灵魂在这一世的修行；我们选择坚持自己，亦或是忘记过去，都只是自己在世的抉择。生死无哀，用眼睛看到的世界，不过是灵魂在一世世轮回修行中的一段。当下是一生，无非是一梦。

幸运的是，如果在今下，遇到相爱，得到相知，灵魂的光芒便会更加清晰。写了几万的文字，不过是希望能遇到照见灵魂的人，这个人出现了，文字的意义也就够了。能够存于世，不过就是现世的存在；而即便不在，照见过灵魂，懂得人若真的懂，不在了，也没有什么遗憾。

而默然相守不同。

灵魂的遇见，是缘分；现实的相守，是命运。用心眼去看这个世界，去看一段爱恋。灵魂的世世不过悲喜淡然；遇见错过，不过现世的课业。

是的，我们想去相知，想去相爱，想去相守。可是，再对的人，不过等候的几年，相遇再见；一世的情，只是蓦然的几世，相爱离别。

荷西走了，三毛也会走。不过是她看够了今生，走完了这一世的修行。荷西若在，他们也许会长长久久，灵魂在今世的修行也许会更多。

但语落烟去，那一份刻骨还不及耳边的蝉鸣了。

第五章
狐狸的情书

我遇见一只狐狸，它说它爱上了一个女孩子，温柔可爱，笑的时候嘴角有一个甜甜的酒窝。

狐狸说女孩子好极了，对它柔柔细语，笑起来仿佛连冰雪都能融化。

狐狸对我说它很爱她，总是站在她经过的路上，连看着她的背影都是一种幸福。

女孩走到它身边，笑靥如花，栀子花霎时开遍。

狐狸陪她走过春天，嗅过了春野烂漫的味道。

狐狸陪她走过夏天，跳跃了地上的树影斑驳。

狐狸陪她走过秋天，踩过了一路的黄叶小径。

狐狸陪她走过冬天，看过了全世界白雪茫茫。

于是一月一月，一年一年，狐狸一直站在路旁树下，陪她长大。

狐狸也以为，“永远”这个词，便是它身上那白色的胎记，即使死也再不会消亡。

只是岁月，真的只是岁月，悄悄在狐狸的眼底蒙了灰，不易察觉的。

狐狸的眼神黯淡下去，它对我说它不明白。

为什么她的笑颜那么淡，淡得让它不知是否真假。

为什么她留给自己的总是背景，从来不曾给它勇气。

为什么这么多春夏，她从不在路上等待过自己。

狐狸说它没有办法明白，所以选择了离开。

于是很多年过去，狐狸去了很多地方，路过了很多人，只是没有一个人，让它想去等待。

朝朝如夕，再遇见狐狸，它站在曾经等待的路上，恍然若失，喃喃地问：我的爱情呢?

我告诉它，在它离开前的日子里，女孩其实从来没有变过，笑靥如花，背景如画；变了的只有狐狸它自己的眼睛，它自己的心。

而在狐狸离开后，女孩懂得了笑有深浅，应时转身，只是那些便是带了思量。

而爱情，在离开的那一年，却已永远死去了。

这“永远”，如它所说，便是它身上那白色的胎记，即使死也再不消亡。

狐狸不语，眼底那层灰，终于慢慢化做泪滴，轻轻坠落；眼神再次清澈，只是面前女孩不再。

而我，翻出狐狸的情书，想寄给岁月，却怎样也看不清，那些字迹早已模糊的地址了。

另一种爱情

如果，不是你走入我的心中，我怎会恋你这许多年；

如果，不是那时微风刚好，怎会吹起你的身影迷了我的心；

如果，不是九千里的距离，我怎会处处觅你的影；

如果，不是站站的思念，我怎会回到这处苦恋这城。

或者那时，我不是贴近你的背影，欲言又止；

或者那时，我不是安静地听着你的消息，跟随你的人生；

或者那时，我不是甘心地站在这不远不近，欢喜一次次再会；

或者那时，我不是随着你的迁徙，对面微笑。

也许，某一座城中，我多走近你一米；

也许，某一盏街灯下，我多看久你一眼；

也许，某一个教堂前，我便问你走慢一步；

也许，某一节车厢内，我便同你选了一个方向。

然后，此处，此时，另一个世上，

我们会不会开始了，另一种爱情；

然后，分秒，处处，这世，

便少了这段默默爱恋。

相　爱

夏风撩动了你的发丝，我才看到你回眸一笑的身影；

星星飞进了我的眼睛，你才看到我眼底独特的光亮。

于是，我去了大漠中，带上了你的心意流浪；

于是，你到达彼岸边，藏好了我的思念远行。

后来，我看到了你真实的模样，于是用所有画在心上，仔细珍藏；

后来，你听到了我安心的呼吸，然后微笑的放在唇间，静静聆听。

或者，我会在你左右，细细端详，刻下你的每一次笑容，亲切的，温柔的，爱我的，更爱我的；

或者，你会在我身旁，浅浅呆看，记住我的每一个样子，大笑的，严肃的，爱你的，更爱你的。

我便不会放弃，与你一起的冷暖，每一条小径，每一个湖边，每一次大雨，每一次晴天；

你也坚定守护，与我一起的昼夜，每一个相视，每一个拥抱，每一次离别，每一次等候。

所以，为什么相爱。

因为银河的一颗星星吹起了你的发丝；

因为地球的一季夏风飞进了我的眼中；

于是，我们相爱了。

爱与时光

我的心里有一双眼睛，我不能蒙蔽了它们，想象光明来欺骗自己；

我的心里有一对耳朵，我不能堵住它们，喃喃自语以为是答案；

我的心里有一张嘴巴，我不能捂住它，以为悄然无声便是世界。

而我的心里有你，我不能不看不听不说，以为不知就是幸福。

但目光其实是我的询问，看不进眼底，我已经知道原因；

倾听其实是我的接受，我不语，是我最大的宽容；

沉默其实是我的选择，我相信岁月，便将时光和自己都交给它。

我便不再是一个战士，不再是一个梦者，不再是流浪的人；

我久久才明白自己的一无所有，爱恨只成了一条船。

我把它交给大海，虔诚不语。

于是我不再畏惧风浪，那只是生时的一个个亲吻；

我不再害怕漆黑，那只是轮回中的一座座桥。

我们的这世，长长短短，最后愿与不愿，清清楚楚，干干净净。

一秒的永恒

因为，众生皆有凡心。

贪念的心，妒忌自己所不能拥有；

悲切的心，忽视自己身边的得到；

快乐的心，久久那许多时的欢愉。

所以，这世才是修行。

慢慢渡船走过的风景，哪里开始哪里结束。

失去的其实是前世才能够的拥有；

习惯的人物是下一世的不再遇见；

悲喜的不过是身边的花开花谢。

而那一秒的真实，

是我眼里有你，你眼里有我。

如此，一秒便是永恒，足矣。

心中的石碑

梦想的影子，其实随时都在身边。

什么是得到，什么是失去。

我念你，你便在我心里；

我不念你，你便不在我眼里。

可不管我是想你不想，你一直都在那里。

我来了，只多欢喜；我走了，不减忧愁。

原来，谁也不曾得到，谁也不会失去。

而修行，是心中的一块石碑。

照不见自己的面容，映不出自己的哀乐。

每一个选择，都是一行碑文，深深浅浅，写尽年月。

想停下，却执念太深，挥泪不已。

想继续，却不见人物，转瞬流失。

不如不念，不念便不苦，从此也安心。

狐狸的告别

爱恨，不过执念。

若能，解救了肉身，给灵魂一个自由。

生，只是贪念痴想，欲而不得；

死，不过一叶枯落，晚霞渐去。

来世，只做一粒沙，微小得能随风去处，不听不见。

来世，只做一滴水，用心得在叶尖停留，不想不念。

从此，不听哀怨几何，不见世道浮生；

今后，不想情性惘然，不念道别再见。

第六章

爱着，不负岁月（上）

2月14日

一年来，你常常不在身边的日子里，我喜欢想象自己哀伤的样子。

我会一个人听歌，一个人熬夜，一个人看花，一个人淋雨；有时会一个人游走街头，也会一个人在马路中央发呆。

今天的情人节，明明天气晴朗，明明街道热闹。可我看到的却只是没有你在的城市，和时针分针偶尔才能够遇见的孤单。

想和你说这今天的孤单，想告诉你需要你的每一秒。可你的忙碌，总是让每一通电话都只是简短的关心和抱歉。像以往的每一次一样，我一直尝试着告诉你，好像用光了所有的语言，想让你明白我的世界，向你展现我的世界。是的，你安静地在电话那边听过了，所有的回复也只是，早点休息吧，我明天还要赶飞机。

好吧，我不想早点休息，因为我不喜欢你没有任何的回应。

好吧，我没有按时吃饭，因为我不喜欢永远都只是一个人吃饭。

是的，我又熬夜了，因为我不喜欢整整一天都没有你的消息。

是的，我发烧了不想吃药，因为如果这样可以让你赶回我的身边。

我想也许自己是对的，我们都是需要爱的孩子。

2月19日

客厅里的百合开了，现在绽放了50朵，还有同样多的花蕾静静地等候。收到花的时候，客厅里瞬间阳光遍地，仿佛你也回来一样。

其实，之前并没发现百合是这样美丽。那时，满房都是玫瑰，百合只是被摆在一旁。

那时，你常在身边的时候，我并不习惯寂寞。总是陷在玫瑰的香气里，笑得像个孩子；后来，过惯了一个人的安安静静，慢慢喜欢熬夜，慢慢喜欢百合；于是，会在半夜小心修剪百合的花蕊，哼着歌给百合换水，然后把每枝都摆成最美丽的样子。

所以，会对寂寞发脾气，会对没有人言语的空荡生闷气，会把正在震动的电话挂掉，然后从一个房间扔到另一间；所以，也会赌气睡觉，会假装没有电点起蜡烛，会故意光着脚走来走去。

因为这些时候，都是只有那些花儿，陪着我欢喜，看着我哀愁。

2月25日

昨晚梦到你了，可是你的面容却看不清楚。醒来之后拼命回忆梦的内容，却只记得你转身我去拉你，你却说：亲爱的，对不起，我必须走了。

相同的话在现实中已经听过太多遍，怪不得梦里都不难过。只是有些怪自己，怎么会想不起来你的样子。

翻你在网上偶尔会发的内容，全部都是转帖商业中的大道理。没有你的照片，没有我的照片。翻自己的手机，上一次的合影是去年夏天。哦，好遥远的记忆。

3月1日

和好朋友一起吃饭，一起逛街，一起大笑。好像没有你在身边陪伴的日子，也会很开心。只是一个人回到家里的时候，总是空荡荡的。

和你聊电话，不知道说些什么的时间越来越长，聊你的工作，都是还好；聊我的工作，也都是还好。不知道你会不会和我一样，除了问候，都忘记了当初相爱的语言。只有3分钟的电话，沉默一半。你说你想休息了，好啊，我也是。

你说过最喜欢的就是听话的我，是啊，我多么乖。

3月7日

我有时常常回忆，当时会在一起的理由。可人就是这样，有些过往，怎么想记住都不清晰了。

这么长久的分离，我仿佛学会了坚强。以前总是像小孩子一样，好像被照顾才能活得好。可原来人也不过是一种动物，被丢在荒野中，总会有办法活下去，活得好。

我也会去想，到底怎样才是活得好。以前以为有你在身边的日子就是活得好，可这么长久你不在身边，仿佛我也活得好。

会生病，不过打针吃药；会寂寞，不过好友相伴；会孤单，不过忙碌工作。

仿佛我的世界，所有的运转没有你还是会继续。那么你的世界，没有我是否亦然呢？

3月16日

我有时会想起你每天都在身边的日子，我们一起散步，散步到没有方向；我们一起听歌，什么话都不说；我们一起看窗外下雨，抱着各自的茶杯。

后来，我在一个城，你在很多个城。

所有的聊天都变成了电话中有时会断续的信号；所有的散步都变成了微信中的表情；我这里大雨，你那里天晴；忘记带伞冲进雨中，渴望听到你的声音却只有未接听的提示音。

拿着手机，我就那样呆在雨中，每天可以在一起的日子好像前年夏天的海边假期一样遥远。

也许，热恋就似一场明媚，白天与黑夜都笑着；看什么都好似自由，情在哪里心在哪里；可慢慢地，明媚只是一蹴夏季；换了时令暴雨便至。

但总有些聪明人的心，湿了雨季却明白了爱情；或许爱情的后来不过就是在你淋着暴雨时，却没有一声问候；可毕竟打湿了心总要游过那片海，而所有的烦恼也不过是湿的衣服和好似感冒的头晕；一场温暖也只是久久的热水澡和自己泡一杯姜茶。

于是一个人也能很好，再发个消息，报个平安；平静的，仿佛什么都没有发生过；是的，什么都没有发生过。

3月23日

医生说再住一周就可以出院了。过去的一周，你依然在不同的城市之间飞行，唯独没有飞回来我们的这座城。你说接下来的一周可能也会没有时间回来陪我，我在电话这边微笑说：没有关系。

你说过，你需要的是一份安心，是一份放心。是啊，我是多么符合这样的标准。

在我的世界中，能够让你看到的也只是放心和安心。

藏好自己的情绪，可后来，自己都找不到这些情绪了。

或者，太近是自由的枷锁，太远是转身的序幕；再或者，太近是自私的借口，太远是背叛的面具；那到底要站在舞台的哪里，才能安心地守望？到底要怎样的表演，才能留住那个人的肌肤相亲？

有时，觉得爱情像战争；细心拿捏距离，怕多一毫米，都是遗憾；怕少一毫米，都是入侵。

每个句，每个笑，每个转身，都必须是精心的设计。

好精心的交往，但，那不是我想要的爱情。

我累了，不想再当战士了。

4月13日

我不想再争吵了。你不停地说着我的变化，我不知道怎么回答你。我只是把自己所有的感情告诉你，把所有的疲惫展现给你。

是的，这是我从来都没有让你见到过的我。可这些都是真实的我，立体的我。

你从不过问，我从不告知。或者，就像你所言，是我的过错。

我想，我的过错，就是太过坚强。

4月23日

一周多每天都在难过的日子，工作也变得恍恍惚惚。和Lora吃饭，她问我是不是受不了寂寞才和你分开。我不知道怎么回答她，这么长久以来，你偶尔的出现，已经让我不再是那个需要随时被陪伴的小女孩。

在医院里，一个人吊瓶，一个人去做所有的检查，医生问我家属的时候，我只是苦笑答她，我一个人生活在这座城市里。也就是吊瓶睡着，直到倒血涌回的时候，我才发现，我的寂寞，我的脆弱，从来都在，趁着虚弱都出来嘲笑我。

我和你的工作，和你忙碌的两周会议比起来，什么都不是。我记忆中的你，记忆中的笑声，都仿佛不属于我了。想去回忆快乐，来继续，但只记得一些遥远的片段，而发出那些快乐笑声的女孩子甚至都不是自己。我像一个观众一样，站在灰暗的世界中，无法凭吊；我明白你的要求，明白我的反抗是你所不能接受的行为。

你的理性，你的标准；你的客观，你的清醒。

我不能前进，无法后退。

不想继续了，再见，我的战争。

5月8日

明明已经学习了那么久一个人的独处，可没有你的半个月里，天空也好像更加灰暗。

看电影，看到的眉眼都是拥有过的笑容，听到的台词都是似曾的承诺。我要从哪里开始忘记：忘记两个人的欢乐，还是忘记两个人的孤单。

听音乐，听到的全是自己的心情，我要从哪一幕唱起： 如果不要遇见，如果不要相知，如果能够说“如果”。

我闭上双眼，伸出手轻触空气，仿佛能触到某一刻曾经拥抱过的温度，冷雨“滴答滴答”的夜晚。我能做的，只是依偎车窗，玻璃的另一边，斜阳和慢慢飞逝的房子，每一栋都是相同的模样，每一条街仿佛都是曾经一起走过的地方，每一个路灯下仿佛都有两个人的身影。

好想逃离，这座到处灌满曾经的城市。

5月11日

我不知道你为什么一通电话都不会打给我。我问我自己，到底在期待什么，难道是期待你发现你的世界中没有我不能继续？好狗血的剧情！

克制不了，短信提示音响起的时候，我总会期待，可所有的都是失望。我告诉我自己，不能期待，不能等待。选择是自己做的，痛苦也应该自己承担。

于是，我去回忆那些无数个需要你，你却不在的日子。好可笑，这些我都记得清楚明白。我于是不能把所有那时的进退在脑海中给自己一遍一遍的演绎。

是的，离开你，在现实的世界中，我并不一定能找到自己的幸福；可守着空荡，我一定不会幸福！

我不能回头，是的，我不能回头。

5月16日

努力活得健康，活得让身边所有人都放心，但今天早上流着眼泪醒来还是会不知所措，发现自己想要的东西太多，能给予的却太少。我想要给予，想要给予全部，可我没有办法，始终没有办法。我想要的承诺，我想要的简单的厮守，你始终沉默不语。你的答案清楚，我的答案也清楚。我明白，我想要的，不过，一处熟悉简单，相爱自然。

我告诉自己，至少你是坦诚的。不能够给予的未来，从不承诺。所以，陌路的两人，也许是对的。不要回头，不能回头。

让我走，或者是你选择继续爱我的方式。还是说，爱情早在我们已经不去拥抱，不去对望，没有笑声，没有交谈的时候就已经结束了。

5月20日

梦到你，梦到你病危垂死，呼唤我的名字。我明明在你的身边，却握不到你的手。我眼看你飞灰，却不能使你看到我。

醒来后，我回想着梦境发呆。想着假如你死了，我便随你去；但若活着是种修行，我便舍去这迷世浮生，只是去渡这世的苦。

若有来生，便不要相见，你有你的一世，我有我的一世，只让情独留在这一生吧。

5月24日

偶尔的，想赌气马上开始一段恋情。书上说，最好的放弃，就是新的拥有。

可这样的时候，我总会发现内心有一丝的苦涩，竟然就好像是去背叛你一样。背叛？我苦笑着，这么多天没有过的一声问候。我过得好，过得坏；我在伤心，还是在想念；甚至我为你写的瞬间还是永世，都只是我自己的。

有几个瞬间，我想去帮你找借口，可一秒之后，我就在大脑的剧场中奋力地痛骂了自己一顿。我的生活，是我自己过的！不是只有你在，才能够继续活。

5月30日

无数次地坚定过自己的内心，可思绪就像绑定了你一样，欲罢不能。也许就像有些书中写的那样，或者我也应该坦诚地接受，接受我没法这么快斩断还会去想你的心思。

我不知道没有我的日子，你是否安好。好多次，我想去拨通你的电话，想去告诉你我的想念，久久地发呆。可我没有，这样的时候，我总会强迫自己去回忆后来的岁月，你后来偶尔在我身边，心却不在的样子。我也会去想象，如果我们能够像初识那一般度了余生。你在，你的心也在。我总是记不起，猜不出，你的心，是在哪一刻走丢了。

或者上天就是在合适的时候，安排悲欢离合，我们总是无法猜透这命运的算数，所以又何苦去猜呢。

人生几何，说话的人或已逝去千年；来来往往，我们祈望的相聚相守，却不过为了安心。流去的年，十年百年，逝了千年，无人在，情也淡。我们能记住的，假如我们的灵魂能铭记，大概就是这一世一世的记忆了。但脱了躯壳，回归了魂，也许却不再有这爱恨情欲了。

记忆，却不过连阵风都不如，说不出的话，触不到的人，都算是记忆了；我铭记了你，又如何?

流年，流去了谁家的欢喜，谁家愁；日出而作，日落而息，生生世世，却是不同的人；水还是那方水，山还是那片山，只是踩出路的人，却是一辈又一辈了。炊烟袅袅，过了些年，也不过是座空屋，听起却觉几分悲凉，但这份悲凉，你不在了，却也不在了。

只是我们生得这身，便流泪心痛，便愈觉迷茫；只是愿，安心度了每分秒。

6月20日

我深叹了口气，才写开这句，也不知你几时才能看到这里；提笔沉重，却不知如何言语。

原来，我只是最后知晓的一个人。两个月，于我却还没有忘记，于你就已经可以新的开始。长久以来在我身边的严肃，原来也会有那么灿烂的笑容，拥着另外一个人。原来，你的世界可以有空闲，可以有出逃，可以丢弃出差，可以不理上司。

我不知道怎么面对朋友们小心翼翼的问候，每个人的安慰都狠狠地敲击着我的认知，敲击着我记忆中的你。原来，我从来都未认识过你。原来，每一个分秒，都只是自己的错觉。

那分秒时间却还只如昨日；却只怨我于那年，相逢了也还相识，哀只哀我心，只是没了春夏，少了几年。

总是想命里几多辗转，却不知那只是隔岸风景，昨日烟花；眉宇间又曾几时言笑，我便如何相思，相思那几年，人比黄花瘦；或曾想，奈何桥外，却愿携手饮了那汤，忘也忘同时的几年，记也记来世的眉眼，只是谁想，戏里戏外，唱的总是那悲欢离合。

于是了，便说与自己，总是我不懂，不懂那爱恨究竟有多久，今世却是怎样度过；默默，老去，尽头却只愿自己明了。

6月26日

Lora问我，怎么这么平静？我不知道怎么回答。

我能怎么办？我去争取吗？争取一个很早前就走丢的人吗？或者，你飞去很多城的时候，我就应该想到这样的结局。原来只是自己不够聪明。

她说我太善良，太过轻松地原谅你。我轻叹口气回答她“我只是想对自己善良”，其实，没有什么原谅。两个月来，我留在原地，你选择继续。我们都有自己的道理。

我也知道，朋友们小心翼翼话语的背后，是不想我去猜测你们是否很早就开始。

我明白，却只能笑对朋友们的同情。我没办法解释给他们，甚至自己都有点惊讶自己的释然。

好像脱了枷锁一样重获了自由。自由，好遥远却真实的字眼。

7月1日

小时候，总喜欢说很深奥的话。那时候，喜欢帮别人分析感情的种种。总是以为自己很懂爱情，以为某一秒心跳很快，就得到了爱情。

记得那时，我对Lora说：我们是不能没有爱情的动物。

那时，喜欢得很直接，放弃得很艰难。总以为爱情是复杂的，却一眼就看懂了明天。

再后来，开始喜欢说简单的话。喜欢微笑着听朋友分析感情的种种。开始怀疑自己不懂爱情的时候，却找不到了那个心跳脸红的小女孩。

然后某天，Lora对我说：我只需要对方给我安全感。

于是，没了原因的喜欢，没了原因的放弃。

以为爱情很简单，怎么看却连昨天也看不懂了。

有人说，放弃最好的方法是自己有新的开始。

我只笑不语，放弃更好的办法，原来也可以是曾经的对方有了新的开始。

七月渐暖，冰封六月。

7月11日

今天有人问我，会不会后悔，后悔自己先离开。后悔如果再坚持一下，也许可以等到晴天。我认真思考答，我从来没想过自己会后悔。

我是会真诚认错的人，但绝不会承认自己后悔。人不能生活在过去，有一秒钟时间去后悔，不如用半秒弥补，半秒坚强。所以，就算送我一个时光机，回到过去，我还是会做一样的选择，离开，走丢，哭了，笑了，我一秒钟都不想改，谁知道改了之后会不会更不开心呢，我太懒了！

假如心情还是不好，没办法。我没有自己星座的气质，不会回头这点却是拥有得淋漓尽致。没法改，没法回去，我只能想办法。根据经验，通常我只有让自己生活得更健康这一个办法。这说明，我明天早上会早起，做健康早餐给自己，然后去健身两个小时，散步，听音乐，看书，写文字，和Lora约下午茶保养皮肤，护理指甲，打扫所有的角落，关注时尚，一个蔬菜午餐，一个水果酸奶晚餐。这就是我心情差的时候会做的事。

相信自己会过得更好，过得更安心，可以守住一人心，无需每日画眉相待，却一定住在对方的心里，安安静静。这是我离开你的理由，无关他人，只为自己。

7月18日

My prayer，静静地听这首歌，大爱旁白。

时间像是余夕的一缕光，只一秒，再留恋也不见。

不喜欢自己这样的情绪，总在分析，总在开解，总在写出很多字来安慰自己，总在读很多故事鼓励自己。

可就像一些猫，始终害怕寂寞，要被抱着才乖。

关于爱情，努力了，失败了；更不知道会不会再去继续尝试了；梦想中的童话，仿佛再也不会发生了。

而唯有在深夜里，那个梦到过的故事才会再次浮现：栀子花开，遇见美好。

7月25日

有人说，错误的人，错误的抉择，错误的坚持。

爱情里，到底能有什么是错误的？

那段日子里，我去爱过你，去相信，去坚持，去听从自己内心。

我们一同大笑过，拥抱过，牵手过，哭过，伤心过，原谅过，每一个决定，每一次付出，都是因为我爱着。

没有爱是错误的，只是这爱，没法如我所愿，天长地久。

8月14日

偶尔的梦里，我还是会回到那个悲伤不曾发生的世界里，回到最初的原点。

或者，偶尔的一秒钟，我会放任自己做白日梦，写着一份苦情的剧本，想象你其实是得了重疾，所以可以那么轻松地同意我的分开。包括你后来迅速的开始，这些也许都是为了我才上演的一出戏。

可每当想象这样的剧情时，我就又会立马回到自己的脑海剧场中，大骂自己一顿。

是的，生活没有那么多苦情悲哀最后再大团圆的结局。生活中有的，只是我自己偶尔还是会孤单的难过。

可我还是选择了坚强，我坦然地面对自己的情绪，坦然地接受这样的现实。我把自己交给生活，坚强是我选择的方向。

坚强到累的时候，也好想选择与狗血剧本里一样的女二号的方式，纠缠不去放手，或者最初就不要离开，隐忍，也许可以赌到幸福。

可我清楚了解自己，我终究不是赌徒，我不要失去自己的单纯的快乐，去赌你也许有天会有的改变，去赌会给我的关心，去赌不用操心的衣食，去赌世人都赞安稳的未来。

赌到的，我都不需要。

我要的，是稳稳的幸福。

8月20日

我还是会像最初分开一样让自己忙碌，忙碌自己的工作，努力做好数据，努力专心做好每一次的报表。

可好像慢慢地，这样的忙碌不再是为了你。我的世界，已经不用再有你。

我想，或者我需要一个新的开始，无关爱情，无关工作，只是一种心情。我相信这样新的开始，一定会来临。

现在的我，还不知道什么时候会完全不再去克制回忆，或者不用克制回忆吧。是的，和你的过去，是我的一部分。我告诉自己，没有这样的一部分，我无法成为今天的我。

你在我的世界中，不再是现在，不会是将来，只是过去。

8月26日

在某处的留言里写过，无心种的红豆长芽了。很小的三片，冷的时候会缩起来，天黑的时候也会。因为种在虎皮兰旁，习惯了每次的月中和月底才浇水，所以常常苦了小芽。

大多数时，总是略略干枯，每逢我念起浇水，却也很努力地抽芽。后来，我开始多爱它。下雨时会举它在窗边，让些些雨水落在花盆里。这时，我能听到它，歌唱的声音。

不知道，这芽红豆会陪我多久，思绪至此，听到歌中所念，没有什么会永垂不朽。

其实，生活如歌，没有什么人可以在另一个人的世界中永垂不朽。

如同，你已开始新的生活；最终，我也会开始新的生活。

我笃信自己值得一份幸福，因为我从来不曾放弃这样的渴望。

我不会去感谢你，使我们曾经的相处冰冷，促使我离开；我想，我是用情深的那个人，如果当时我明白你的心意，我会责问你，为什么不主动离开，而是用冰冷的现实，迫使我来选择。

所以我想，其实我比你勇敢，比你更加勇敢地去面对了自己的内心。

勇敢地选择相信自己，相信时间。

时间，是的，只有时间，才是最可以相信的答案。

再见了，我的过去。

第七章

爱着，不负岁月（下）

五月：上海

谢谢你洗去阴沉，褪去繁华，用弦月和宁静亲吻了我的清晨。

（一）

在上海的几年，原以为早已习惯了忙碌的工作，可直到最近跟着大A到处出差，我才发现，人的潜能，被虐一虐总是无限的。大A是我的老板，标准的工作狂，至少在公司里我们私下都是这样说的。或者因为调到上海总部时间不长吧，他总是超负荷地工作。飞到一个城市，最高效率的时候，约见不同的项目老总，早餐一个，午餐一个，晚餐一个，如果时间表更满一些的话，宵夜还可以一个！

而且，即便是不出差的日子，他要看的材料，如果是说过第二天早上九点要看，绝对不用等到九点零一分，就会听到他在找我：“小C呢？”

于是，细数我来到上海的这几年，只有跟在大A手下的这一年多，才是我最有心看上海清晨的日子。就像这凌晨四点的早上一样。

上海的五月天亮得很早，而白天雾霾阴沉的天也终于在清晨才披着最美丽的面纱示人。天空的蓝很干净，微带一点逝去的暗夜，偶然有一丝云，也被风很快地吹散了。只有一牙弦月，静静地等待天明。

呆看了一会天，我习惯地拿起手机发微信给洛洛，不知道她现在正在做什么美梦，不过那个刚刚让我惊醒的梦，我是无论如何都不会讲给她的。

天知道我是怎么了，又梦到了大A。

大概是在跟他出差过的哪座城里，莫名地我竟然和他在一片荷花丛里荡舟。梦里的荷花叶大片大片地盛开，绿得很美。荷花荡里安静极了，仿佛是夜晚，却有暖暖的风，也看得清他的面容。他就那样地划着船，慢慢地，和平时总是快走在我前面的样子一点都不同。而我竟然也就痴痴地看着他，看他微笑着也回望我。然后，慢慢地，他向我靠过来，我都记得自己心跳好快，直到他贴近我的发鬓，仿佛天边传来的声音一样对我说：“小C……PPT

呢？”

然后，然后我就惊醒了。醒来后第一反应是：天哪，PPT上本来想好要添加的一个数据竟然忘记了！

（二）

白天的数据汇报还好表现不差，幸好没有怎么被昨晚的梦影响，果然这几年的工作修炼不是白干的；只是，莫名其妙地，不敢看大A的眼睛。做数据汇报的时候，他微笑地看着我，那么一个瞬间，一下子我就想起了昨晚的梦，想起来在那一大片荷花荡里，他安静地对着我笑的样子。

“小C！说好的不动心呢！”会后，反思的时候，我在心里狠狠地晃了晃自己的脑袋。

必须提醒自己。并非其他什么原因，只是因为公司同事都知道大A有一个女朋友在成都，是他调来上海之前的城市，也是我读大学的城市。

这个消息的来源是可靠的，大概是一次team building的时候，那时候大A刚调来公司不久，可亲的形象也一下就俘虏了所有同事的心。虽然每个人都知道职场小心的道理，但大概真的因为大A前期上下级沟通做的太好，那次晚餐大家都放开地多喝了一点。也不知道是真醉还是借酒吐真言，一个女同事就半开玩笑地告白了。

当然，每个人都能理解告白背后的原因，也知道想告白的并非这一个女孩子。公司里，大A在他这个level的管理层中年纪最轻，人缘很好，为人处事名声在外，前途不可估量。所以，我们听到女同事的告白，也互相交换着眼神，偷笑着看大A什么反应。也就是在那次，大A也用玩笑回应："这个我一定得告诉我女朋友，得让她知道我在公司也是受欢迎的。"

我都还记得当时自己的心情，特别复杂，现在回想起来，才发现自己原来那个时候就已经有点喜欢他了。听到他拒绝，心里自然很开心；可拒绝的原因用的是女朋友，不管是不是真的，当时还是有一点失落的。

所以，洛洛说我天生呆真是有道理的，那么早就喜欢上大A，竟然直到最近频繁梦到他，才发现。真笨！

不过，这种喜欢，我当然会把它限制在自己的脑海里的，最多只是和洛洛八卦一下。洛洛倒是很激动地问我："是不是几年前他面试你那次，就在你心中种下了喜欢的小树苗啊？”

我呆了一下，洛洛不提，我还真没去想。

（三）

是的，大A调来上海之前，我就已经和他认识了，更准确地说，算是他把我招进公司的。当时，我在公司的前两轮面试，都还不是他。面试第三轮，也是最后一次，我特意很早就到公司了，这份工作比我之前的好很多，再加上我申请的是上海异地的岗位，竞争也很激烈，所以，我不想出错。因为知道自己会早到，所以特意带了本书，《如何有效地沟通》，准备等待的时候随便翻一翻。

前台安排我在一个会议室里等候，我看看表，都还有1个半小时，于是我拿出书开始看。大概没看几页，大A就进来了，坐在离我不远不近的地方，对我笑了一下，就打开笔记本开始用。

那时候，我以为他是一起来面试的人，于是微笑地打招呼：“你也是来参加面试的吗？”

他笑着答我：“是的。”

我继续问他：“你准备得怎么样了？”

他还是简短的回答：“还行。”

我当时还在想，这个人怎么这么不爱聊天；大概也实在因为等待面试，无心看书，也想找他聊天打发时间，于是我挪了位置，坐得离他近了一些，把书放在他笔记本旁边，对他说：“你要不要看看这本书？里面有一章是讲面试技巧的。”

大A终于合上笔记本，还是一样的笑容问我：“你觉得我需要看看吗？”

“是啊，很冒昧地说实话，我觉得你如果能更主动沟通一些，可能会更好。”

“为什么呢？”带着一样的笑容。

“你看，我们俩都是来面试的，说不定以后也可能成为同事，可你都不太主动和我沟通；说真的，虽然我们两个现在确实是竞争关系；不过，名额也不止一个，所以，如果在前期可以多一些沟通的话也是好的。”

“你说的还有点道理。”

“对啊，反正时间还早，不然我帮你做一次模拟面试吧。”

当时并不知道为什么，他笑得特别开心：“好吧，来吧。”

然后，我就努力专业地做了面试官，模拟问了他一些问题，私人的问题当然不会问，毕竟是未来可能的同事。但是，有些问题之后，我觉得他答得不好的，还给了他一些建议；也特别问了他几个刁钻的问题，还告诉他，这几个问题是我自己都觉得头疼的，而且我还告诉他，我一直在祈祷面试官千万别想到这些问题。而在整个帮他模拟面试的过程中，最重要的是，我一直给他强调，要严肃一点，不能一直笑。

于是，一个小时很快就过去了。他说要出去准备准备，我没有多想，很开心地对他说：“今天这么有缘分，我就把书送给你吧，希望我们能成为同事。”

他笑得更开心了，接过书答我：“好的，祝你好运。”

时间很快过去了，面试的地点就在会议室，当第四个面试官坐在位置上时，我才傻眼了，是他！

强装淡定！必须强装淡定！

整个面试环节，我时不时地就会看一下大A，心里无比忐忑地回忆自己之前有没有说什么特别冒昧的话；而同时，表情还得特别拼命地强装淡定。

完了，一定死定了。他一点都不笑，特严肃。

批评他沟通不够有效，模拟地当他的面试官，还指导他回答问题！

天哪，小伙伴，你还能再丢人一点吗？！

不过，自信一定撑也要撑出来！

果然，从他严肃的表情猜出来的结果一样，大A不念赠书之情，毫不犹豫地问了我之前和他说过的头疼的问题。反正豁出去了，我用了最诚恳的态度回答了所有的问题，包括坦诚的交代想换工作换城市，是因为感情破裂这样的个人原因；但决定去上海，是非常坚决的。

就像一场硬仗一样，最终我胜利了。

不过那之后，无论是大A作为公司的高级讲师给我们做演讲也好，还是公司在上海的年会再偶遇也好，在他调来上海当我的上司之前，我们都再也没有单独相处过。

而会议室的那个笑话，就像没有发生过一样，就那样只存在于我自己的记忆中了。

所以洛洛提起这件事情，我才又一次把这段回忆翻出来。

电话听到她的问题，我愣了一下，怔怔地答她：“如果那时候我们认识，而且他也还没有女朋友……”

洛洛打断了我：“快，快打住。他可是名草有主的人。多想无益！”

是啊，多想无益。

好好工作，好好出差吧。

六月：灵隐寺

古刹不青中门不经，佛香不明心念不停。

（一）

前几个月一直跟进的一个成都项目，终于进入了合同的细节谈判阶段。大A邀请了对方公司的团队来上海，安排了两天的会议。而且特地让我在对方的行程最后，多安排两天的杭州之行。

因为前两天的谈判非常顺利，除了个别关键性的问题，双方需要和公司团队核对数据才能最终决定之外，其他的问题都基本上敲定了。也就是说，杭州之行，算是这个项目进行这么顺利后，我们的一个庆祝之旅。当然，毕竟我们即将投资入股对方公司，以后还有更长久的合作，这次杭州之行更深的目的，也自然是希望大家能建立更稳固的关系。

这还是第一次和大A去杭州，虽然来上海好几年了，但是太忙碌的工作，让我一直没有得空再去杭州。不知道年少时去过的那个城市有多少变化了。

安排住宿时，我特别选了西湖边的新新饭店，和大A出差了这么多次，发现他特别喜欢中国式的建筑和装修风格。而且他信佛，这个是他自己告诉我的；还喜欢古董，是他有一两次无意说起古玩的来历时，我猜测的。

周五早上10点的动车，两个小时的路程。大A，加上对方的四个人，一路上都是忙碌地处理工作。而我这两天主要的工作：预定酒店和订餐，联系司机和安排两天的行程，这些当然早在出发前，我就已经做足了功课。也因此，一路上只有我还稍微得空看看动车窗外的风景。

六月的江南，细雨微微，在车窗上连成水线，模糊了大片飞逝而去的绿色。早六月，阴雨天，空气中还有一点微冷。这样最好，西湖或者更朦胧。

呆看着窗外，两个小时很快就过去了。司机早已等在火车站，接到我们，直奔酒店。杭州和我年少时来过的样子已经相差太远。虽然街道上低矮的树木仿佛还能唤起曾经的记忆，可是印象中的杭州，街道很宽，整个城市很空，和眼前这座堵车严重的城市截然相反。

当司机开到了西湖边，我才又一次喜欢上了这座城市，和成都错综的小街不同，和上海林立的楼群也不一样。杭州，有它自己的风韵，有它自己的曾经。留着历史，不曾忘记，就像我订的新新饭店。老旧的电梯保留至今，狭小的空间，只能容下两个人。

电梯的灯光也是略微昏黄，给人一种仿佛回到民国时代一样的感觉。和大A站在电梯里面，连我的小行李箱都只是勉强放下，于是和他靠得那么近，面对面仿佛都能闻到他的气味。

半分钟，就只放纵我自己眩晕半分钟，奢侈地想象我们好似那个年代的情侣，我穿着长及脚踝的旗袍，而他也是一身洋派式西装，我们对望微笑，电梯里仿佛还有《天涯歌女》咿咿呀呀的调子。

电梯到了，而我却一时没法回过神。想象中的画面太真实了，难道那时我们就已经相识。

（二）

简单的午餐，各自休息之后，下午的行程，主要就是西湖。

对方的四个人，和我一样，对西湖充满了新奇感。虽然杭州之旅是我安排的，可是，到了每一个景点，导游竟然变成了大A。我的行程做的很详细，可是每一个景点的故事，大A竟然都那么熟悉。

苏堤春晓，平湖秋月；柳浪闻莺，花港观鱼；曲院风荷，断桥残雪；雷峰夕照，南屏晚钟；三潭印月，双峰插云。

早知道大A这么熟悉，昨晚我就不去苦苦地背攻略了！可是，即便是攻略都看了很多遍，我还是和其他四个人一样，完全被他的讲述所吸引。

不知道为什么，我就是这样容易被他吸引到。和他出差过的每一座城，都是这样。每次他无意说出当地的故事，或者典故，我都会有一种错觉。仿佛和他在几世之前到过一样，只是过了奈何桥，我都忘记了，他还记得。

错觉，当然是错觉。小C，快点清醒一点！

一个下午，当然逛不完西湖所有的景点，等待晚上《印象西湖》的表演之前，我们待在岳飞庙里闲逛。因为已经临近关门的时间，岳飞庙里人很少。于是，碎步闲语，只有我们几个人和两三个摄影者的景点，此刻也终于用最安静的样子示人。岳飞庙里有很多镌刻，大家也闭口不谈项目，性情一起，开始谈古论今；说道古家名人，念及沙场红帐，每个人随口都能吟词几句。

再后来，大家慢慢走散开，很放松地和自己熟悉的人一起信步。而我也自然和大A一起。

看得出来，大A很喜欢这个公司的团队，一路的轻松和之前所有的出差都不一样，于是，分开散步之后，大A甚至不经意地和我开始闲聊私人话题。

他和我说他最喜欢的城市就是杭州；在来上海前，每年也会来杭州待几天。说着说着他停了下来，侧过脸看着我说："小C，我曾经无数次梦到过一座城池，梦里清晰地知道那座城池是我的，是我要保护的。而隐约的，我甚至知道那座城池就在江南。只是可惜，我一直没有找到过。这也是为什么我会特别喜欢杭州的原因，很好笑的是，我甚至觉得这里有一种召唤。"

听到"召唤"的那一秒钟，我就像被过去电击一样，脑海中一下就浮现出古装的大A和那座城。这样的感觉我再明白不过了，就像和他到过的每一座城，仿佛都藏着前世的回忆。可是，我又怎么能够脱口而出和他说我也在那座城呢？

所有的感触，就像一个充满了记忆的气球在胸口爆炸一样，我清晰地感觉到一股暖流在胸口涌动，却被抑制不能迸发。所有的感受，所有的共鸣，我好想告诉他这一切。可是，脑海中无数句已经表达的情绪，流落在现实，我所有能去回应的，只有看向他的眼睛，对他说：“嗯，我懂。”

都怪夕阳太美好，都怪树下太安静！小C，快点清醒！于是，借口去提前安排晚上表演的座位，早早地，我还是离开了队伍。

《印象西湖》的爱情是中国古典式的模版。但宏大的场景，多彩的灯光，夺目的表演，还是成功地吸引了我们所有人。当张靓颖的歌声开始回荡在西湖湖面上时，我也像被夺了魂魄一样的，跟着唱起。因为之前就大爱这首歌，所以，每一个转调，每一句轻吟，我都好熟悉。唱着唱着，大A柔声地在我身边问我：“你之前听过？”

我还在旋律带来的情绪中无法自拔，响彻满场的《印象西湖雨》也似乎写满了我在每一座城里努力压抑的情感。于是，胸口久久的那份暖流，终于抑制不住地涌出，我转向他，却没有答他，也没有停下来，只是望向他，合着敲击内心的那曲旋律，唱给他听：“我的告别，从没有间断；西子湖上，一遍一遍。白色翅膀，分飞了流年；长叹一声，天上人间……”

是我的错觉，还是这一切太美好，那一秒钟，我仿佛看到大A眼中有一丝光亮闪过。

（三）

一夜多梦，梦到西湖上大片的荷叶漂流舞蹈，梦到岳飞庙中石碑上的诗词飞起成云，梦到大A的笑容恍惚可触，梦到我在不同的时空穿越，看他征战沙场，保护他的城池，而我在梦里，甚至看到自己一袭红纱飞起，仿佛和他告别。

“天哪，你还可以梦得再更夸张一点吗？”闹钟响起，我摇摇脑袋回到现实，第一反应就是把自己拉回正常！正常地先去自己早早吃完自助，正常地安排把一众人的行李寄存在前台，正常地在大家早餐完之前联系好司机，安排好线路。

第二天的杭州线路，更加满档，想走完所有的景点，自然是不可能了，大家都留着遗憾，跟着我的安排，到访各处。

我知道大A信佛，之前早早就规划好行程，留足了时间给最后一处：灵隐寺。

果然，大A每一处都会虔诚地叩拜。其他四个人也是说着拜拜总灵的心态，同样地一直随喜功德。于是，一路上，我总是站在寺庙外面等大家。

我不拜佛，却喜欢寺庙中自有的寂静。等在外面的时候，可以看很多香客来往不断，看香火时明时暗，燃起缕缕青烟，飞化了每一个信仰者的心愿。

我的心念呢？也没有停过。呆呆地看着古刹青砖，石栏雕花，想平复自己的逾越念头。在佛家之地，最好的静修之处，至少我也应该静静心思的。可是，看着大A的背影，却不停地想起昨晚他眼中的光。我应该真的没有看错，那一秒，他的眼里，真的有光。

唉，在后来走回酒店的路上，我真的不该刻意回避他的。荷塘月色，清风西湖，应该自然而然地和他走在一起的。

不行，小C，这样不行！我还是一贯地在脑海里，派出现实小人，狠狠地摇着做梦小人的脑袋！不能再想啦！

不然，想想回上海需要赶的报告？嗯，还是这个办法好，回去我得先发个邮件，和这个团队确认我们需要的数据，最好呢，是能周一就报给我们。整理好数据，报给大A……大A……大A……天哪！错啦，数据！数据！数据！

七月：西溪

梦里不觉，山寺寻桂子。

徜徉江南水边，卿且画船听雨眠。

依稀郡亭可见，笑对举玉杯，醉饮不归。

（一）

上个月部门的成果硕硕，多个项目的数据报告也都不错，谈得也很顺利，一众持续加班黑眼圈人士集体申请年中活动，大A也就很爽快地答应了。这次的team building，可不是一个晚宴就能打发的了，于是，大A慷概地满足我们，决定全体人员出游西溪湿地。

周五早上出发，部门里一共12个人，中午就顺利地就入住了西溪的悦榕庄。或者因为放松的心理作用，总是感觉七月的西溪比上海凉爽了几分。办理入住的时候，一众出笼的小鸟已经越过大厅，对着悦榕大片的绿色开始各种自拍。四名男士，八名女士，我们部门的人数也真是让我省心，预定了三个邻近的庭院房，刚好住下。

先各自放行李。

酒店的景观设计还算大气，廊桥小溪也非常别致。大概因为并非法定假日，摆渡车一路送我们到房间，也没有看到几个客人。我们住的庭院房，而每个庭院房的门口都会有不同的对联，有些喻世，有些警言，有些也还是平淡归真，慢慢来看，还有些不错的。推开古朴设计的院门，露天庭院中的温泉池立刻就吸引了我们的眼球。要知道，对于上海加班一族而言，别致的墅院，安静的温泉，真是有着致命的吸引力的。院内有可以品茶小坐的桌椅，而整个墅院房其实是两个房间的嵌套，每个房间有独立可以到院中的门。而主房间的另一侧也有一个外伸出去的吊脚阳台，整个木质的阳台，依靠着背后大片的绿色，高矮的树木群更加突现出一份城市中没有的安静。

房间里的设计也很别致，家居都蛮讲究，就连卫生间里装放洗漱用品，都是统一黑白色调的布制手工袋。中式的设计和家具，主房间的床背墙上也配有典型的山水画，用色浓重却也雅致。

我们四个女孩子很快就俩俩地找到归属床，我的共寝是心心，她来公司不久，却是经验十足，年纪比我略大，为人却是乐观派的性格，说话做事都很专业，这点我还蛮开心，抽到她的时候，我就在暗喜。

就像我抽到心心一样，这次的team building我们是抽签的方式来决定的。有点好笑的是，男生组抽签的时候，大家一直在大喊Andy，抱着看笑话的心思看谁最后和Andy共房。而极度“幸运”的男同事Hugh知道结果的时候，仰天大叫了一声，还故意夸张地跪在地上大喊“苍天啊！”所有人看到这一幕，都笑得前俯后仰的，而Andy也在旁边和我们一起笑。当时，还有女同事跟着开玩笑说：“记得好好侍寝哦！”

想到这里，我和心心她们几个说：“也不知道Andy被侍寝得怎么样了。”

心心也笑着说：“你说Andy会不会让Hugh在院子里对着电脑写报告，然后自己泡着温泉监工哦！”

我们四个女孩子想着这一幕，纷纷都笑倒在了沙发上。

（二）

按照我的计划，中午大家就在酒店区域简单用饭。我们的出行也算是幸运的，虽说是早七月，周五的天气还算凉爽，于是原定的下午泛舟西溪的计划就照常执行了。酒店区域离湿地区域还算有一定距离，三辆出租车，一点钟出发，不到十分钟，我们就到了湿地门口。

大家对着门口的题字笑说了几句，而我自然是安排大家进了园区，一路直奔船票处去安排。我们订的小船，刚好三只。

安排第一只船的时候，一个男同事说要护花，硬是挤多了一个人上去。划走了之后，安排第二只船，也就是我们房间的四个女孩子。而就在准备登船的时候，另一个男同事出来说他们三个男同胞一个船太无聊，于是说想和我们换一个人。心心和另外两个女孩子听到这样说，一交换眼神，我就知道不对。

果然，心心说："小C，你去，你和Andy，和Hugh都比较熟。"

我心里暗想，这公司里有我不熟的吗？可是，我也明白她们三个和提议的男同事的心思，Andy人虽然很好，可毕竟是老板。难得可以不用想工作，几个还算熟的人泛舟，一船人随意说笑的下午，有老板在船上，多少神经都会紧绷一些。

我还没说话，Andy先开口说：“好吧，那小C你过来吧。”

真是一点窃喜的心情都不敢有。平时在公司，这样和Andy非工作相处的场景我从来都是能避免就绝不靠近。其实，本来和所有同事工作之外偶尔也是说说笑笑的，但在众人面前，和Andy说话却是拿出十二分的专业，笑露六颗牙，绝对不会让第七颗出来放风；语调内容，也一样谨慎。所以，虽然和Andy一起频繁出差，可不该有的传闻却是一分都没有过，当然，这也归功于我平时的小心。

所以，做贼心虚的我，只能小声地回应了心心她们：“你们就这样把我出卖了，晚上买酒的任务自己知道哈！”

她们三个自然也开心有男同事一只船一起说笑，于是感谢地拼命点头。

于是，他们四个人上了第二条船。

可是，就在我和船夫说可以走了的时候，Hugh突然就跳上了第二条船，还夸张地大喊着：“快划！快划！快划！”说完，还戏剧一样的表情转过来给Andy说：“头儿，晚上我再好好侍寝哈！”

第二条船上的人都“哈哈”大笑起来，而我却着急了，拉着靠岸的锁链不放，大声叫他们，“回来！回来！”我知道他们只是想不要和Andy一条船可以更放松一些，可如果就我和Andy一条船，这也太夸张了吧！

而心心和Hugh他们五个人，不约而同地开始做拜托的手势，还边说着：“拜托！拜托！”

估计Andy也是想照顾大家想放松的心意，拍拍我说：“让他们去吧，刚好我也有工作的事情和你说。”

听到这句话，再看到一船人幸灾乐祸的表情，我也只有无奈地让他们走了。

（三）

仔细想过同事们绝对不会多想什么之后，放松下来，我也就被湖漾溪道所吸引。周五下午人很少，再加上每个船夫纷纷刻意拉开距离，很快，视线中就只有我们这一条船了。

船夫站在船尾处，也不说话。而我和Andy对面坐着，更是安静。原来他上船前说的要和我聊工作，大概也是借口放他们走而已吧。

“一曲溪流一曲烟”，西溪湿地的河道溪流，苇间叶面，无一不在和清风一起舞动着。水面时宽时窄，有时也会从石桥下划渡过，而在某一处开阔湖面，甚至看到一只白鹭。我兴奋地指着叫出来：“快看！白鹭！”

Andy看过后，微笑地看着我说：“是啊，这里环保还是不错。这次出来，你开心吗？”

我有点惊讶他突然这样问我，不过也是同样笑着答他：“嗯，很开心。看得出来，大家都很放松。”

刚说完，离船不远的地方，竟然出现了一队小鸭子！我是那种见到可爱事物就爱心泛滥的人，看到这样的小鸭子，更是开心极了，手舞足蹈地叫出来：“Andy！快看那边！好可爱的小鸭子！”

一群毛色有点偏灰黑的小鸭子，在水里排成一队在游。因为船夫划船动作很轻，所以也没有惊扰到它们。游着游着，就像是有默契一样，有三只小鸭子突然就“扑通”地潜入水中，然后就不见了。

我专心地盯着小鸭子，却兴奋地挥手给Andy 说：“啊呀，小鸭子呢？你猜它们三个从哪里钻出来？”

还没听到答案，就看到略远的地方湿漉漉的小鸭脑袋冒了出来，而其他的小鸭子也纷纷扭着屁股，加快游了过去。那时，感觉小野鸭们可爱得都快融化我的心了。于是，看着小鸭们，我的语调也变得温柔了：“哦……太可爱了。”

然后，转过头来想和Andy聊刚才小鸭子扭屁股的可爱样子，就看到他却是微笑着看我。深情的，笑着的，看着我。

我的心跳快起来，瞬间感觉到自己的脸都红了。这种感觉不会错的，一个人的眼神透露出的信息太多，可爱意的流露是完全不同的，太明显了。我的大脑一瞬间开始高速运转，又像是被电到空白。

不是没有想过，要是Andy也会喜欢自己该多好。甚至来之前还做梦梦到过，甚至在梦境中，我们仿佛在荡舟寻觅前世，把酒欢言。可现实生活中的这一秒，当一直喜欢的人用爱意的眼神回应我时，我却不知道该怎么办了。

就在我哽住不知道说什么好的时候，大A还是那样深情地看着我，对我说："小C，我有话和你说。"

我的心剧烈地跳动起来，鬼使神差的，我却当作没有听到一样，慌慌张张地转过头去对船夫说："师傅，你知道刚才的小野鸭叫什么名字吗？"

（四）

西溪的荡舟，后来就变成了我和摇橹船夫有一搭没一搭的聊天，而大A，我想他应该也感觉出来了我的回避，没有再和我说什么。西溪回到酒店后，大家一起用了晚餐，就各自回院休息。晚上睡前，好在心心不是特别多话，大家聊了一会，也就各自睡了。甚至在后来周六的团队建设活动中，我也是身在魂不在的状态。而整个西溪行程，从看到Andy那一往深情的眼神后，我就没有再看多他一次，也根本不知道他的状态好不好。我的心思太乱，根本不知道怎么面对他。自己也不敢多想，因为也不知道怎么面对自己。

所以，当周日我终于回到自己的住处时，进门换好鞋，我再也绷不住了，一下就摊在了沙发上。

不能和洛洛说，得自己好好想一下。

是的，我喜欢Andy，不能言明却无法抑制地爱上了他。我知道，这份爱，是一份不能够。就像他告诉所有人一样，他是有归属的。可是，当你真正不知不觉深爱上一个人的时候，感情就不再是你可以控制的情绪。我清楚地知道，会有怎样的后果，或者复杂。

我不害怕吗？当然害怕，甚至害怕得要死。在工作中怎么面对他？以后和他一起出差又怎么面对他？而对于他已经有的这份感情，我更不敢去多想。无数次地告诫过自己，可是，很多个城市的飞行，越来越多的朝夕相处，让我们之间产生的默契慢慢地渗入我的心脏，变成一份毒药，无法自拔。

手机短信声响，是大A的消息！

“小C，你安全到家没？思考很久，决定发这条消息给你。在西溪的船上，我知道你明白我的心意了。你所感觉到的，是真实的。我想告诉你，这份真实已经很久了。我想了很多，可是，却更加想尊重你的决定。晚上，可以一起吃饭吗？”

是真的！他的心意，是真的！

想到这里，我突然感觉到一份释然，仿佛宿命中的等候，终于有了结果。来上海的这几年，无暇的工作，现实的人情，有时让我甚至在心中开始动摇自己的信仰，那份婚姻必然是相爱的信仰。我害怕孤独终老，可是，更加害怕在无爱的婚姻中看着自己死去。所以，当上天终于揭示了爱的希望时，我不禁感激，甚至欣喜。

可是，这份爱，却被道德的枷锁勒住了喉咙，不能呼吸，不能呐喊。可是，这份窒息，却丝毫不能减少我的深陷。道德，规束了我的行为，却放纵了我的心意。

站在镜子前面，我像看陌生人一样看着镜子里的自己。

几年前的离开和来到上海的理由，却在这个时候更加清晰。我想起来年少时，一屋百合的飘香孤零，住院灰心后的决绝离开，还有艰难的放弃，和终于相信时间的心意。

是啊，时间。

想到这里，我不由得长出一口气，像是终于又找到了自己。

我想，我有答案了。

我们都在走着，
看着，寻着，丢着；
迷了路，张了眼，
淋了雨，干了心；
不知了来路，看到了后天，
模糊了眼前，遗失在海边；
走不到的尽头，过不去的彼岸，
花开过的枝头，风拂过的水面；
原来，
什么都没有发生过。